QUARTOS COMPARTILHADOS
E HISTÓRIAS PRIVADAS

Bruna Zolko

QUARTOS COMPARTILHADOS
E HISTÓRIAS PRIVADAS

Copyright © 2023 by Bruna Zolko
Todos os direitos reservados e protegidos pela Lei 9.610, de 19.2.1998.
É proibida a reprodução total ou parcial, por quaisquer meios, bem como a produção de apostilas, sem autorização prévia, por escrito, da Editora.

Direção Editorial:
Ilustrações: Marina Ester Gomes
Diagramação: Madalena Araújo | Madesigner

Dados Internacionais de Catalogação na Publicação (CIP)
(eDOC BRASIL, Belo Horizonte/MG)

Z86q   Zolko, Bruna.

         Quartos compartilhados e histórias privadas / Bruna Zolko. – São José dos Campos, SP: Ofício das Palavras, 2023.

         108 p. : 13 x 18 cm

         ISBN: 978-65-86892-70-3

         1. Ficção brasileira. 2. Literatura brasileira – Contos. I. Título.

         CDD B869.3

Elaborado por Maurício Amormino Júnior – CRB6/2422

SUMÁRIO

7   **O HOSTEL**

13   **HISTÓRIAS ÍNTIMAS DAS CAMAS**

        Perigo iminente   15

        Essa não é uma história de amor   28

35   **HISTÓRIAS ESCATOLÓGICAS DOS BANHEIROS**

        No concreto há lixo   37

        Você merece a redenção   46

        Tristeza e pé no chão   51

55   **HISTÓRIAS COLETIVAS DA SALA DE ESTAR**

        Da terra do fogo ao Ártico   57

        A São Silvestre   65

77 **HISTÓRIAS SABOROSAS DA COZINHA**
Picante e agridoce 79
Bruschettas à italiana 93

103 **A RECEPCIONISTA**

O HOSTEL

Em uma das famosas ruas de São Paulo, automóveis e ônibus transitavam, enquanto pedestres disputavam cada centímetro da calçada. Grandes edifícios comprimiam comércios, lanchonetes e botecos. Postes de energia e placas de trânsito compunham a flora urbana, conectados por cipós de cobre carregados de energia elétrica.

Também se escondia no ecossistema da Rua Consolação, um fenômeno particular: o *hostel*.

Sem luxo ou luxúria, não era um hotel e tampouco um motel. Acessível e sem mordomias, abrigava quaisquer tipos de visitantes sob uma premissa: que compartilhassem a estadia nos quartos, salas, banheiros e cozinha.

A fachada da casa, comum, era composta por duas janelas reforçadas com grades e uma porta de ferro estreita, pintada em tom de amarelo-vivo. O letreiro luminoso e vibrante anunciava um ambiente moderno e colorido, diferente da mesmice cinza que o cercava.

Ao abrir a porta de entrada, uma escada levava à recepção, no primeiro andar da casa. Lá, uma mesa de madeira era equipada com computador e impressora. Alguns cadernos e folhas de papel espalhados decoravam com desordem o espaço de trabalho.

Ao lado, um balcão delimitava o bar, abastecido com cachaças, gins, runs e vinhos de marcas reconhecidas. Os armários na parede tinham portas de vidro e guardavam taças e pequenos copos de *shot,* ilustrados com bandeiras de países ou pinturas regionais. Nos bancos à frente do balcão do bar, se sentavam os hóspedes que gostavam de se divertir com um copo na mão.

Adiante estava a sala de estar, com uma televisão sempre ligada. À frente, um espaçoso sofá de veludo cinza e duas poltronas estofadas em cor amarela. Um tapete de mosaicos coloridos cobria o piso. Neste ambiente, hóspedes de diferentes lugares se conheciam, trocavam ideias e construíam amizades. A sala de estar era acolhedora e sempre bem frequentada.

No fundo, uma escada ligava ao andar do subsolo, onde estava a cozinha. O cômodo era pequeno, mas bem decorado em tons de branco, preto e grafite. A cozinha era limpa e atendia às necessidades daqueles que desejavam cozinhar para poupar dinheiro. Os armários guardavam panelas gastas, temperos e alguns alimentos esquecidos ou abandonados por hóspedes antigos. Quando havia comida no fogo, o aroma preenchia o ambiente e subia até a sala. De lá, também saía a escada que levava ao segundo andar, onde estavam os banheiros e dormitórios.

Os banheiros, discretamente escondidos nos cantos da casa e revestidos de ladrilho branco, eram ambientes em que se evitava o contato social. Nestes cômodos, os encontros entre as pessoas eram frequentemente constrangedores.

Afinal, poucos se sentiam à vontade com a nudez pública e muitos temiam que seus sons escatológicos ecoassem dos vasos sanitários.

Já os dormitórios, eram os quartos principais. Todos os frequentadores – sem exceção – vinham em busca de uma cama barata para dormir. Nas camas-beliches de aço, os colchões, travesseiros e cobertores de poliéster acalentavam diferentes personalidades: brasileiros, do norte ao sul, ou estrangeiros de qualquer um dos seis continentes.

Alguns tardavam a dormir, reviravam nas camas, imersos em pensamentos que buscavam afastar com um celular na mão. Outros, caíam no sono cedo para começar com disposição o dia seguinte. Havia também os animais noturnos, que chegavam ao nascer do sol após uma noite de diversão nos bares e boates da cidade. Muitos roncavam, enquanto vários outros se incomodavam com o barulho e reclamavam para a recepcionista pela manhã. Mas todos os hóspedes deixavam em suas camas, e em cada canto do *hostel*, um pouco de si e muitas histórias para contar.

HISTÓRIAS ÍNTIMAS DAS CAMAS

PERIGO IMINENTE

I

Às dez e meia de uma quarta-feira à noite, uma sinfonia de sons preenchia o dormitório. Os hóspedes abriam e fechavam malas, desciam e subiam as escadas dos beliches e conversavam cochichando com seus companheiros de viagem. Todos se preparavam para encerrar o dia e dormir.

Entre eles estava Ricardo, um homem de quarenta e cinco anos, nascido e criado no interior paulista. Ele nunca havia pensado em viver na capital, até se divorciar de sua esposa e ser indicado por um amigo a uma vaga de emprego na cidade.

A entrevista seria na manhã seguinte, e como Ricardo precisava poupar dinheiro, optou por passar as noites no *hostel*, em um quarto compartilhado.

O homem já estava deitado, vestindo seu pijama xadrez e pronto para fechar os olhos, mas a ansiedade para a entrevista e o burburinho no quarto lhe tiravam o sono.

Tentou em vão se concentrar para dormir. O quarto já estava mais tranquilo, mas ainda se ouviam vozes. Eram mulheres que conversavam em um idioma desconhecido para Ricardo. Poderia ser inglês ou russo, mas certamente eram estrangeiras.

Quando o relógio marcou 11h e o falatório persistia, o homem se irritou:

— Que falta de respeito. Vá conversar na sala! — resmungou, engrossando a voz.

Em resposta, um silêncio repentino se instalou no ambiente. O homem virou para o lado, fechou os olhos e mais uma vez tentou dormir.

Para sua agonia, o silêncio não foi suficiente. Uma onda de pensamentos e inquietudes inundou sua consciência. Lembrou-se de todas as falas que havia ensaiado para a entrevista e revisou, mentalmente, cada uma. Temeu perder o horário no dia seguinte e certificou-se que o despertador estava realmente acionado para às sete da manhã. Já eram onze e trinta e cinco, ou seja: se dormisse naquele exato minuto, teria sete horas e vinte e cinco minutos de sono. Mas isso era impossível, estava muito agitado.

Praticou, então, técnicas de respiração que aprendera na terapia de casal para relaxar e controlar o nervosismo. Inspirava o ar por cinco segundos, segurava no pulmão por mais cinco, e, em seguida, expirava devagar. Quando terminava, repetia o processo.

Será que não estava contando errado? Os segundos pareciam mais rápidos a cada inspiração. "Um segundo tem mil milésimos de segundo, Ricardo, vá com calma", repreendeu a si mesmo. Tentou novamente, de novo e mais uma vez até que sua consciência se aquietou e o entregou ao sono leve.

II

Escutava sussurros. Seria sonho ou realidade? Quando abriu os olhos, teve certeza de que eram as mesmas vozes naquele idioma estranho. Atordoado, sentou-se na cama e notou que falavam cada vez mais alto. Indignado, levantou-se de peito estufado e decidido a descobrir quem eram as hóspedes barulhentas.

Caminhava entre os beliches, como um animal selvagem desbravando a mata no escuro.

Na primeira cama à frente, dormia um homem de barriga para baixo. Em seguida, duas mulheres em um sono profundo. Não eram elas. Após passar por algumas camas vazias, finalmente viu alguém acordado.

Era um senhor calvo, com uma contrastante barba cheia e grisalha. Apoiado com as costas na cabeceira da cama, o senhor estava com uma postura rígida e, ao vê-lo, encarou-o com os olhos arregalados. Em seguida, inclinou a cabeça para a esquerda, como se apontasse naquela direção. Estranhando a situação, Ricardo sentiu a espinha gelar. Os milésimos de segundo novamente passavam devagar.

No canto esquerdo do quarto, uma mulher estava sentada de pernas cruzadas e de frente para a parede. Ela falava sozinha, com o olhar vago, iluminada pela luz fria do pequeno abajur fixo em sua cama. Não, não eram duas estrangeiras. Não eram sequer duas pessoas.

A mulher estava descabelada e vestia uma túnica branca. O rosto, Ricardo não ficou para ver. Murchou o peito e olhou confuso para o senhor que assistia atento à cena. Antes que ela notasse sua presença, Ricardo voltou rapidamente para a cama.

Encostou a cabeça no travesseiro e se beliscou para garantir que estava acordado.

Não teve certeza. Fechou os olhos e, mais uma vez, respirou fundo sistematicamente. "Não tenho medo de nada", repetiu como um mantra. Tudo escureceu e os pensamentos sumiram aos poucos.

III

O despertador tocou às sete da manhã. Ricardo, enérgico, acordou no primeiro toque. Não podia se atrasar. Naturalmente, iniciaria sua rotina lavando o rosto, escovando os dentes e tomando banho. Mas ao levantar-se da cama, hesitou. Lembrou-se do ocorrido da noite anterior e calculou que, para ir ao banheiro, precisava passar pelo canto esquerdo do quarto, onde ficava a cama da mulher estranha.

"Não tenho medo de nada!", reafirmou. Esticou o pescoço para tentar enxergá-la, mas a cama estava vazia. "Será que foi um pesadelo ou estou ficando doido de vez?".

As outras duas mulheres que estavam hospedadas no quarto, fecharam as malas e foram à recepção fazer o *check-out*. Já o homem mais velho, ainda dormia. "Eles existem! Eu não estava sonhando e nem alucinando. Realmente aconteceu!", concluiu nervoso.

Pegou sua toalha e as roupas, com coragem, foi em direção ao banheiro. Caminhava com os olhos inquietos, prestando atenção em cada detalhe do quarto. Virava a cabeça para trás, para garantir que ninguém o perseguia.

Ao entrar no banheiro, sua respiração parou por um segundo e, novamente, sentiu a espinha gelar.

— Ai meu senhor! — a exclamação escapou em voz baixa.

Lá estava ela! A mulher escovava os dentes em frente ao espelho. O rosto magro e cavado, o pescoço comprido como o de uma girafa e os olhos rodeados por olheiras escuras de quem não dormira na noite anterior. No corpo, a mesma túnica, cujo tecido estava encardido e repleto de manchas amareladas.

A mulher interrompia a escovação para conversar com seu reflexo no espelho e envolvida no diálogo consigo mesma, não percebia o homem que a encarava atônito. Ricardo não entendia uma palavra sequer do que ela dizia.

De repente, a mulher soltou uma gargalhada sinistra e colocou as mãos sobre a barriga de tanto rir. O homem rapidamente deu a meia-volta e voltou para a sua cama. "É uma louca varrida".

Decidiu esperar cinco minutos, no máximo, para que a doida saísse do banheiro. Mais tempo que isso, ele se atrasaria para a entrevista de emprego. Esperou aflito, com os olhos colados na porta do banheiro.

Antes do tempo planejado, a doida deixou o banheiro e sentou-se em seu beliche. De pernas cruzadas e virada para a parede, ela começou a sussurrar como na noite anterior. Debaixo do travesseiro, puxou um livro grosso e o abriu em seu colo. Em seguida, começou uma leitura em voz alta. "Que porra de língua essa mulher está falando?".

Ricardo esquecera de respirar e, em seu pijama, se pintavam marcas de suor frio. Desviou o olhar para o senhor que ainda dormia, mas ao menos estava lá, voltou a respirar aliviado quando constatou que não estava sozinho.

O homem lembrou-se do saldo de sua conta bancária e da conta do aluguel, e recitou o mantra: "eu sou macho, não tenho medo de nada". Precisava encarar a situação ou perderia a vaga de emprego. Levantou e deu passos silenciosos e rápidos, em direção ao banheiro.

No vaso sanitário, urinou com uma tensão que se estendia do último fio de cabelo até a ponta da uretra. Trancou a cabine do chuveiro e tomou banho em uma velocidade jamais feita antes.

Já vestido, Ricardo saiu do banheiro e, em sua mala, pegou o celular, a carteira e o currículo. Pediu um *uber* para a Faria Lima e suspirou com alívio ao deixar o *hostel*.

IV

Ao chegar ao escritório comercial, vinte minutos adiantado, tomou um copo de café expresso e aguardou na recepção, até que fosse chamado.

A entrevista com a contratante da vaga e um representante de Recursos Humanos foi leve e fluida. Ricardo conseguiu manter a calma e saiu satisfeito com sua performance. Agora restava aguardar pelo retorno, em até uma semana.

Estava esperançoso e queria muito aquela oportunidade. Desde o início do processo de divórcio, tinha a ideia fixa de deixar tudo para trás, e esse emprego seria a sua grande chance.

Ainda era muito cedo para comer, mas não tinha vontade alguma de voltar para o *hostel*. Caminhou, então, pela moderna Avenida Brigadeiro Faria Lima e observou os imponentes edifícios espelhados.

Antes, não via muita graça no glamour urbano da cidade, mas agora começava a achar interessante.

Ligou para seu amigo, que lhe indicara para a vaga, e combinaram de almoçar juntos. Foram a um restaurante simples, que parecia ser o mais barato da região. Era meio-dia em ponto e o lugar estava cheio de pessoas que trabalhavam nos escritórios ao redor.

Sentaram-se em uma mesa para dois, analisaram o cardápio e Ricardo se surpreendeu com os preços, mais altos do que havia imaginado. Decidiram pedir dois pratos feitos de contrafilé.

Seu colega estava agitado, mas bem-humorado. Perguntou a Ricardo sobre a entrevista e, ao ouvir os detalhes, lhe disse palavras otimistas: "a vaga é sua!".

Os bifes eram acompanhados de arroz, feijão, batatas fritas e salada de alface com tomate. Ricardo comia com vontade, enquanto ouvia o amigo falar sobre suas últimas conquistas: um novo carro usado e uma viagem com a noiva para Ilha Bela. O homem tirou o celular do bolso e mostrou fotos das praias, restaurantes e passeios que fizera na viagem. Ricardo escutava e eventualmente fazia perguntas genéricas.

Quando o assunto acabou, e ambos ficaram em silêncio por um minuto, o homem pensou em contar sobre a louca com a qual estava dividindo quarto, mas não o fez. Não sabia o que seu amigo pensaria dele. Poderia achar que era covarde ou o julgaria por não ter condições financeiras de se hospedar em um hotel. Achou melhor perguntar a ele sobre seu trabalho e escutou o colega falar por mais vinte minutos.

Às duas e meia, pagaram a conta e se despediram. Ricardo, que já não tinha mais o que fazer naquela região, voltou ao *hostel*, sem pressa. Embarcou no ônibus 709M-10 Terminal Pinheiros, no calor de 33 graus, como marcava o relógio de rua.

V

Ao chegar, cumprimentou a jovem recepcionista e sentou-se no sofá da sala, para descansar. Na televisão, surfistas loiros e bronzeados pegando impressionantes ondas em praias paradisíacas.

Pouco tempo depois, o senhor com quem dividia quarto, apareceu e se sentou na poltrona ao seu lado. O velho atendeu a uma chamada no celular e Ricardo não pôde evitar prestar atenção na conversa.

Ele combinava de se encontrar com alguém ao final da tarde. Quando desligou o celular, Ricardo desviou o olhar da televisão e acenou com a cabeça para o senhor, que puxou assunto:

— E aí, cara, beleza?

— Opa, beleza! Descansando um pouco... — respondeu Ricardo, se espreguiçando.

— Não vai descansar no quarto, não? — disse o senhor em tom de deboche.

Ricardo riu um pouco constrangido e perguntou:

— Como assim?

— Ah, cara, você viu. Aquela mulher dormindo na cama do meu lado é muito estranha. Parece doida... satânica, sei lá. — respondeu, virando o rosto para a televisão.

Os dois encaravam a tela, como se não pudessem se olhar.

— Sim, eu nem acreditei quando vi. Na noite passada, acordei com ela falando, achei que estava tendo um pesadelo.

— Pelo menos você consegue dormir, porque eu só prego os olhos quando o dia amanhece. — disse o velho.

— Caraca! E me diga uma coisa, você entende alguma palavra do que ela fala?

— Não, mas pelo jeito parece que está amaldiçoando alguém. Só espero que esse alguém não seja eu! — exclamou rindo e, dessa vez, olhou para Ricardo.

— Tá louco, cara. — respondeu, sem graça.

Ficaram em silêncio por alguns segundos, até que o senhor disse:

— Só sei que hoje mesmo estou indo embora. Reclamei com a menina da recepção e ela disse que não podia fazer nada, a mulher está com tudo pago. Minha filha vai arrumar um canto para eu dormir na casa dela.

Sem disfarçar a decepção, Ricardo respondeu:

— Pelo visto, vou ficar sozinho com a doida naquele quarto.

— Boa sorte, colega.

"Eu sou macho, não tenho medo de nada", mentalizou.

VI

Eram seis e meia da noite, o céu já estava escuro e Ricardo saiu para comer alguma coisa. A três quadras, encontrou uma lanchonete de esquina, com algumas mesas na rua.

Pediu um cachorro-quente completo, recheado com *ketchup*, mostarda, purê de batata, milho e batata palha. Deu a primeira mordida e saboreou com calma, não tinha urgência para ir embora. Bebia uma cerveja gelada para se refrescar na noite quente.

Outra mordida e o cachorro-quente já estava na metade. Comia com ansiedade. Um grande gole na cerveja e, assim que acabou, pediu outra. Já estava embriagado quando pagou a conta e deixou a lanchonete.

Antes de voltar ao *hostel*, caminhou sem destino pela região. Passeando, parou em frente a uma das várias lojas de lustres, que iluminava a rua escura com diferentes cores e formatos: alguns eram geométricos e minimalistas, enquanto os mais tradicionais eram cheios de pedras brilhantes. O lustre mais diferente de todos se parecia a estalactites caindo do teto com lâmpadas vermelhas nas pontas.

Ricardo admirava as luzes, que refletiam em seu rosto triste. Calado e reflexivo, pensava sobre o passado, sobre a sua separação. Sentia que não importava onde estivesse, sua cabeça não parava.

Às 9h da noite, já estava cansado de andar e voltou à hospedagem. Na sala, não havia ninguém a não ser a recepcionista. A televisão continuava ligada no canal de esportes e o som dava vida ao ambiente vazio.

Ricardo perguntou à moça — que parecia ter menos da metade da sua idade — se poderia utilizar o chuveiro de outro quarto, alegando que o do seu quarto estava muito quente.

Ela esboçou um sorriso largo, que mais parecia uma risada contida, e respondeu: — Claro, pode usar o outro banheiro, sem problemas.

Para pegar sua toalha e pijama, Ricardo precisou ir ao quarto. Entrou silenciosamente e imediatamente procurou a mulher com o olhar. Ela ainda estava lá, sentada na mesma posição e falando sozinha. Caminhou com rapidez até a sua mala e, ao escutá-lo, a mulher se calou. Ele não quis olhar. Pegou as suas coisas e foi direto para o banheiro.

VII

De banho tomado, Ricardo sentou-se na sala e pegou o controle da televisão. Rodou entre os canais e parou em um filme clássico de ficção científica. Na trama, Harrison Ford era o caçador de androides rebeldes.

A atmosfera do filme era escura, se passava em uma cidade superpovoada, chuvosa e poluída em todos os aspectos. Lá, era sempre noite e a pouca luz vinha de painéis e cabos de guarda-chuvas feitos de led. Ricardo assistia entretido ao personagem principal perseguindo e assassinando robôs, naquele cenário obscuro e distópico.

Ironicamente — mas também previsivelmente —, o caçador de androides estava apaixonado por uma bela robô.

As cenas de romance deixavam Ricardo com sono e logo ele estava dormindo, sentado no sofá, em um sono profundo.

Acordou com o pescoço doendo. Na recepção não estava mais a menina, o homem do turno da noite mexia no celular e o olhava disfarçadamente. Envergonhado, levantou-se para ir dormir no quarto.

Da porta de entrada, via a luz acesa do abajur da mulher. Ela continuava do mesmo jeito, com o longo pescoço de girafa curvado para o livro aberto em seu colo. Recitava as frases indecifráveis. Mas ele não se importou, afinal, era sua última noite lá.

Acomodou-se no travesseiro e chutou o cobertor para a ponta da cama. Tinha muito sono e continuava sob o efeito do álcool. Conseguiu dormir com facilidade.

Estava em casa, deitado na cama de casal e abraçado a sua esposa. Pareciam estar em paz. Ela vestia uma camisola rosa de seda e tinha um leve sorriso no rosto.

O dia amanhecia e um feixe de luz solar atravessava as cortinas. Espreguiçou-se e beijou delicadamente a bochecha da mulher. Ao levantar-se para abrir as cortinas e saudar o novo dia, um som estranho o surpreendeu. Eram sussurros perturbadores. Ficavam cada vez mais altos. Ensurdecedores.

Atordoado, Ricardo acordou no quarto do *hostel*, sozinho, sem a esposa ao seu lado. Ainda era noite e a luz do abajur no canto do quarto estava acesa, mas parecia mais saturada, formando uma sombra vermelha dos beliches.

No meio do quarto, a louca estava parada em pé, de costas para ele. Ela gritava sem parar. Ricardo não entendia nada e tampava os ouvidos com as mãos.

Pensou em levantar-se, mas não conseguia mexer as pernas. Estava congelado de medo? Ficou deitado, contra a própria vontade, sem mover um músculo. Não piscava. Tirou as mãos das orelhas e concentrou-se para entender o que a mulher falava. Eram palavras sem sentido, até que escutou em claro tom "Ricardo!".

Ele já não sentia nenhuma parte do seu corpo. Não conseguia fugir. A mulher se virou aos poucos em sua direção. Sua face, na sombra, estava escura.

Quando se aproximou, ele viu em seu rosto a cara de sua ex-esposa. Ela não tinha mais o sorriso leve no rosto, os olhos, cavados, aparentavam exaustão. A boca, com lábios ressecados, dizia: "Ricardo, seu covarde, eu não te aguento mais!".

Sua respiração parou. Um espasmo devolveu os movimentos ao seu corpo. Suado, sentou-se na cama, esfregou as mãos no rosto e, ao abrir os olhos, viu que o quarto estava como antes. A luz do abajur era fria e a mulher continuava sentada em sua cama, falando palavras indecifráveis.

O relógio do celular marcava as 3h da manhã.

— Eu não tenho medo de nada! Já chega dessa louca falando no meu ouvido. — gritou ele.

A mulher se calou. Com toda a coragem, Ricardo se levantou e guardou suas coisas na mala. Saiu do quarto e colocou duas notas de cem na mão do recepcionista. Deixou o *hostel* sem olhar para trás e sem saber para onde ir.

Na manhã seguinte, os funcionários só falavam sobre uma coisa: o hóspede que fugiu de madrugada com medo da mulher que fala sozinha. Reproduziam a cena e caíam na risada. A diversão do dia estava garantida.

ESSA NÃO É UMA HISTÓRIA DE AMOR

I

Na rua, o asfalto queimava e a massa de calor, cercada por edifícios de concreto, cozinhava os pedestres. No *hostel*, não era diferente, a temperatura e a superlotação castigavam os hóspedes.

Todas as camas estavam ocupadas e os dormitórios pareciam ter encolhido de tamanho. Filas para usar as privadas e chuveiros enchiam os corredores dos banheiros. Na cozinha, as montanhas de pratos e panelas formavam uma cordilheira de louças.

Com a sala movimentada, os hóspedes interagiam entre si e jogavam conversa fora. Monique, mineira de Belo Horizonte, de pele branca e longos cabelos escuros, conhecia a cidade pela primeira vez com duas amigas.

Sentadas nas cadeiras da sala, as moças conversavam sobre o passeio que haviam feito no parque Ibirapuera, onde conheceram o Museu Afro Brasil e o Jardim Japonês. Em seguida, almoçaram num restaurante caro, mas de qualidade.

Um homem, com o cabelo modelado em um topete de gel, sentado na companhia de outros hóspedes, ouvia a conversa das garotas e olhava de lado, como se esperasse uma brecha para participar. Com o corpo inclinado e um sorriso no rosto, perguntou:

— Licença, meninas, confesso que escutei vocês falando e fiquei curioso. Em qual restaurante vocês foram? — percebendo-se inconveniente, completou: — Estou buscando indicações por aqui.

Monique, que era extrovertida e gostava de fazer amizades, prontamente pesquisou o local no Google e mostrou algumas fotos do ambiente e da comida:

— Os *drinks* também eram uma delícia! Pedimos uma caipirinha que estava tão boa quanto as de Minas.

— Quer dizer que vocês são mineiras? Ouvi dizer que no bar daqui tem umas boas cachaças — disse o homem, que aparentava ser uns dez anos mais velho que elas. — Sempre quis experimentar a famosa Salinas!

— Ah, então temos que tomar uma dose. Cê vai adorar.

Monique foi até a recepcionista e pediu quatro *shots*, um para cada colega, da Salinas, que estava guardada no armário de vidro do bar. O homem a seguiu e ajudou-a a trazer os copos.

Brindaram à vida e conversaram sobre suas experiências de viagem.

— A próxima rodada é por minha conta! — bradou ele, novamente a caminho do bar.

Outros hóspedes se juntaram ao papo, especialmente animado entre ele e Monique. Ambos trocavam olhares fulminantes e risadas acaloradas.

Pouco a pouco escurecia e a sala se esvaziava. Era fim de tarde e se formava um fluxo de pessoas, que chegavam no *hostel* e passavam em direção aos dormitórios.

Uma das garotas alertou as demais sobre o horário. Em algumas horas, elas encontrariam amigos para dançar e precisavam se arrumar.

Despediram-se do homem e foram ao quarto. Ele acompanhou Monique com o olhar, até que a ela saísse de seu campo de visão.

II

Era madrugada, quando as três entraram no quarto trançando os pés e segurando o riso. As luzes estavam apagadas e cada uma se jogou em sua cama.

Monique encostou a cabeça no travesseiro, fechou os olhos e relembrou os momentos divertidos da noite. Dançou, cantou e flertou. Sentia-se cansada, mas estava feliz e agitada. Cantarolava em sussurros o refrão de um *hit* que não saía da cabeça.

Em meio a pensamentos, sentiu algo se aproximar e, logo, encostar em sua cabeça. Assustada, virou-se para ver o que era e, para seu espanto, havia um membro humano em seu travesseiro.

Um pé saía da cama ao lado. Indignada, levantou-se bruscamente e ligou a lanterna do celular para enxergar a pessoa inconveniente: era o homem com quem havia conversado de tarde! Ele, contudo, permanecia dormindo como uma pedra.

Monique hesitou um pouco, mas decidiu cutucar aquele dedão. O homem abriu os olhos e, depois de alguns segundos, percebeu que a moça o encarava. Um sorriso bobo abriu-se em seu rosto. "Só pode ser uma miragem", pensou ele.

Quando recuperou os sentidos e entendeu o que estava acontecendo, ele encolheu a perna e pediu desculpas.

Já menos incomodada, sorriu sem jeito e apagou a luz do celular. Fechou os olhos, deitou-se de bruços e chegou à engraçada conclusão de que não se incomodaria de ter aquele homem, de corpo inteiro, em sua cama.

III

Na manhã seguinte, Monique estava com a cabeça pesada e tinha muita sede. Levantou-se e foi com as amigas à cozinha, onde prepararam pão com manteiga e beberam meio litro de água cada uma.

Monique tinha poucas memórias da noite anterior, mas não esquecera daquele pé do homem da cama ao lado. Ao contar para suas amigas, responderam como um coro:

— Que nojo! — e caíram na risada.

— Coitado, ele não fez por querer. Espero que não esteja com vergonha de mim.

Quando saíram da cozinha, uma previsível coincidência do destino, daquelas que sempre acontecem em situações constrangedoras: Monique deu de cara com o homem nas escadas do *hostel*.

— E aí? Me desculpe por ontem, espero não ter te machucado. Me mexo muito quando durmo — disse ele, com uma mão no bolso e a outra coçando a nuca.

— Ah, tudo bem. Tomei um susto, mas não tem problema — respondeu Monique, desviando o olhar e deixando escapar uma risada tímida.

— Que bom que você não está chateada comigo. Vão fazer o quê hoje?

Começaram a conversar, enquanto outros hóspedes subiam e desciam as escadas, lhes interrompendo para pedir licença. Mas eles não se incomodavam, e em pouco tempo já tinham um encontro marcado para o final do dia.

IV

O final de tarde estava nublado e abafado. Os dois saíram juntos do *hostel* e foram a uma cafeteria próxima, com decoração urbana e moderna.

Sentaram-se em uma mesa pequena e pediram dois cafés expressos. Compartilharam um pouco sobre suas respectivas cidades e o motivo de terem vindo a São Paulo. Ele contou que tinha uma sobrinha afilhada na cidade, de quem gostava muito, e aproveitou suas férias do trabalho para visitá-la. Monique sorriu vendo as fotos da menina, num uniforme de escola colorido, na *selfie* com o tio.

Ela disse que alguns de seus amigos haviam se mudado recentemente para fazer residência médica em São Paulo e a convidaram para conhecer a cidade.

Monique disse que era uma pessoa simples, mas estava gostando da experiência de viajar e conhecer lugares diferentes. Os restaurantes e baladas eram muito agitados e frequentados por pessoas dos mais diversos estilos. Isso a encantava.

O homem gostou da honestidade da moça, sentiu-se à vontade ao seu lado e acariciou sua mão. Pediu dois picolés para a garçonete, se ofereceu para pagar a conta e a convidou para caminhar.

O barulho do trânsito, as buzinas de carros e as embreagens de ônibus, que se deslocavam bruscamente, faziam a trilha sonora romântica do passeio. Os sorvetes não resistiram ao clima abafado e começaram a derreter. O casal lambia o suor que escorria dos picolés e se lambuzavam.

Ele contava histórias sobre um cara estranho que estava hospedado no *hostel* antes de Monique chegar e a fazia gargalhar. Estavam em sintonia e se divertiam juntos.

Para a surpresa de ambos, o tempo virou e um vento forte trouxe grandes nuvens carregadas. O céu escureceu e relâmpagos e trovões irrompiam, anunciando uma tempestade tropical. A mulher sugeriu, então, que voltassem para o *hostel* rapidamente.

Grossas gotas d'água caíam do céu. A cada passo, a chuva apertava mais. Sem guarda-chuvas, os dois se olharam, deram risada e aproximaram suas cabeças. Ensopados, deram o primeiro beijo.

Entrelaçaram os dedos e seguiram, sem se importar com a tempestade que inundava as ruas. Pelo caminho, pulavam as poças e enxurradas que jorravam dos bueiros.

Chegaram à hospedagem encharcados e, na sala, passaram reto pelas amigas de Monique. As moças, surpresas, se entreolharam e deram risada. O casal foi direto para o dormitório.

Em sua cama, o homem esticou o lençol. Puxou uma das pontas e a prendeu na extremidade do beliche de cima. Fez o mesmo com as outras pontas, montando um ninho improvisado. Sentou-se no colchão e garantiu que não havia nenhuma fresta. Pegou na mão da moça e a convidou para entrar. Monique não hesitou.

Os pombinhos se abraçaram, se beijaram e deixaram a lua de mel acontecer.

Lá fora, a chuva diminuía e a vista da janela era um bonito pôr do sol. Enquanto isso, dentro do quarto, pairava o clima de constrangimento entre os demais hóspedes.

As pessoas se retiravam pouco a pouco, com indignação no olhar, e comentavam: "Que horror", "Caralho, não tem dinheiro para pagar um motel, não?".

Na recepção, se formava um motim de hóspedes que exigiam que a funcionária reprimisse a promiscuidade que acontecia no dormitório. A moça levantou-se de sua mesa com desânimo e pouco brilho no olhar, "definitivamente preciso de um aumento".

HISTÓRIAS ESCATOLÓGICAS DOS BANHEIROS

NO CONCRETO HÁ LIXO

A porta do táxi se abriu e desceu um homem branco, de meia-idade e cabelos castanhos, acompanhado de um menino que aparentava ter no máximo 11 anos.

Marcos bateu a porta do carro e viu à sua frente a entrada simples do *hostel*. Respirou fundo, suspirou e virou-se para o outro lado da rua. Viu muita gente circulando, atravessando faixas de pedestres, descendo e subindo do ônibus que parava no ponto da esquina.

Fios de alta tensão se estendiam acima de sua cabeça, em promíscuos emaranhados, conectando postes de energia elétrica, decorados com cartazes que anunciavam "PODEROSA UNIÃO DE CASAIS! LIGUE AGORA E PAGUE DEPOIS".

Abaixou a cabeça, suspirou mais uma vez e passou pela porta de ferro da hospedaria. Seu filho o seguiu, quieto e com olhos arregalados, observando todos os detalhes daquele ambiente complexo. Entraram na casa e pararam em frente à mesa da pequena recepcionista, concentrada no computador.

Ao vê-los, a moça imediatamente parou o que estava fazendo e cumprimentou:

— Boa tarde. Como posso ajudar?

— Sou o Marcos, tenho duas reservas em meu nome para essa noite.

— Bem-vindos — respondeu a menina com um sorriso que lhe parecia excessivamente simpático. — Poderia me emprestar seus documentos, por favor?

O homem entregou os RGs, completou o *check-in* e a moça o orientou:

— O quarto de vocês é subindo esse lance de escadas, na primeira porta à esquerda.

O dormitório estava abafado, e ao entrar, ele rapidamente analisou todas as camas para escolher a mais bem posicionada.

Viu um beliche próximo à janela, por onde entrava uma brisa refrescante e se sentou. O menino colocou a mochila na cama de cima, retirou o celular do bolso e desbloqueou a tela.

— A mãe tá ligando.

— Avisa ela que a gente já chegou — disse com desinteresse.

Marcos tirou os sapatos, se esticou na cama e fechou os olhos. Detestava viajar, e dividir um quarto com pessoas desconhecidas era uma experiência nova, que não o empolgava em nada.

Desejou estar em um hotel, com privacidade, cama de casal, ar-condicionado e toalhas cheirosas, como aqueles em que se hospedava quando estava bem de grana.

Abriu a boca em um bocejo e alongou os braços. O calor o deixava mole, cansado e suado. Inclinou o nariz em direção à axila e constatou que cheirava mal.

Considerou tomar uma ducha, até que viu dois homens saindo do banheiro com toalhas molhadas nos ombros. Perguntou-se se o chuveiro estaria sujo. "Com certeza mijaram no banho", pensou ele. Decidiu apenas tirar a camiseta e passar uma camada reforçada do desodorante *roll-on*.

O menino, por sua vez, olhava atento ao celular e mexia os dedos freneticamente, empenhado em construir seu próprio universo no *Minecraft*. Até que foi interrompido:

— Bruno, vai lá pegar uma água para o pai. — O homem abriu a carteira e tirou uma nota de vinte reais. — toma, pede para a moça da entrada duas garrafas de água gelada.

O garoto bloqueou o celular, pegou o dinheiro e desceu da cama a contragosto, saindo em direção à recepção.

Marcos reparava nos homens que agora conversavam, um de frente para o outro, sentados em seus beliches. Eram jovens, pareciam ter uns trinta e poucos anos, e tinham boa aparência. Estavam à vontade naquele *hostel*. Diferente dele, que se sentia velho e inadequado demais para estar lá.

Um dos garotos reparou que estava sendo observado. Marcos virou-se, então, para olhar a janela, mas não havia vista alguma. A janela dava para o fundo da casa e era cercada por um alto muro de concreto.

O menino voltou com duas garrafas d'água em uma mão e um trocado amassado na outra.

— Obrigado. Nem liga esse celular, porque a gente já vai sair — disse Marcos antes de beber metade da garrafa em um só gole.

II

No escritório de advocacia, Marcos aguardava o Dr. Roberto, e após dez minutos de espera, a secretária o chamou e orientou que entrasse na sala ao final do corredor.

O menino ficou na sala de espera, entretido no jogo do seu celular e na televisão que transmitia uma corrida de Fórmula 1.

No Autódromo de Interlagos, os carros zumbiam e completavam voltas a mais de 200 quilômetros por hora. O piloto brasileiro, em uma curva arriscada no percurso, perdeu controle do carro e bateu no muro. Para alívio do comentarista, o homem saiu do carro com vida.

Já se passara uma hora de corrida e os pilotos mais rápidos disputavam o primeiro lugar no pódio. Bruno assistia hipnotizado, com os olhos arregalados e a boca entreaberta, ao britânico Lewis Hamilton finalizar a corrida em uma hora e dez minutos, ganhando o Grande Prêmio do Brasil. O piloto comemorava e o público vibrava.

Minutos depois, seu pai apareceu pelo corredor de escadas, com o rosto vermelho, como sempre ficava quando estava bravo.

— Bruno, levante. Vamos embora daqui! Esse lugar só tem safado, picareta!

A secretária, assustada, apertou o botão que abria a porta de saída do escritório e não arriscou dizer nada.

Marcos deixou o lugar, acelerado e acompanhado do menino que espichava o pescoço para tentar ver a entrega da taça ao piloto na televisão.

— É impressionante como eu só me fodo. Não adiantou nada ter vindo para essa merda de cidade — o homem esbravejou com a voz grave e alta, os punhos cerrados e andando a passos largos.

Bruno não falava nada, respirava baixo e olhava para o chão. Sua mãe ensinou que quando o pai estava assim, ficar quieto era o melhor a se fazer.

III

Andaram até o *fast-food* mais próximo, guiados pelo mapa do celular. Uma grande letra "M", em amarelo luminoso anunciava a lanchonete.

Na entrada, carros se enfileiravam no *drive-thru* e pessoas se amontoavam no quiosque de sorvetes. Ao lado, um grupo de garotos, de peles em diferentes tons de negro, com roupas desbotadas e calçando chinelos, pediam doações de lanches aos que entravam e saíam.

Marcos segurou na mão do filho e os encarou, apreensivo. Um dos garotos se aproximou. Seus olhos eram escuros e profundos. Os cabelos, curtinhos e crespos, eram descoloridos. A pele era marcada por duas cicatrizes acima das sobrancelhas. Sua altura era quase a de Bruno, que o observava com interesse.

— Tio, cê poderia me ajudar com um trocado ou um lanche, por favor? Tô sem almoçar nada — pediu o garoto, abrindo a pequena mão.

O homem acenou um "não" e passou reto, puxando Bruno. Não admitiria, mas ficou impressionado com a situação. Sentiu desconforto no estômago e pontadas na cabeça.

No balcão, pediu dois combos e pegou muitos sachês de *ketchup*. Sentaram-se um de frente para o outro. Não havia silêncio entre eles. O som era de dentes mastigando, embalagens sendo rasgadas e canudos sugando refrigerante entre cubos de gelo. Ao terminarem, a superfície da mesa estava poluída por guardanapos sujos, papéis e restos de comida.

Marcos se levantou, deixando a sujeira como estava, e desceram as escadas em direção à saída. Sacou uma nota de cinco reais da carteira e chamou o garoto. Entregou-lhe o dinheiro, reparando rapidamente em seu rosto de criança-adulto e, logo, desviou o olhar para baixo, intimidado. O garoto agradeceu e desejou-lhe:

— Que Deus te guie.

Pai e filho entraram em um Uber e, quietos, divagavam no carro em movimento, até que o menino perguntou:

— Pai, por que aquele menino tava pedindo dinheiro?

— Ah, não sei, Bruno. Provavelmente ele não tem família. É pobre.

IV

A avenida do *hostel* estava agitada como um formigueiro. Massas caminhavam na mesma direção, rumo ao ponto de ônibus. O homem e seu filho estavam no contrafluxo. As pessoas-formigas desviavam automaticamente dele ou esbarravam com força em seu ombro.

Já sufocado, Marcos ficou aliviado ao entrar na hospedagem.

No dormitório, o ventilador de teto trabalhava freneticamente em potência máxima, enquanto os hóspedes, com poucas roupas, reclamavam do calor. Marcos sentou-se na cama, com as costas suadas apoiadas no travesseiro, e torceu para que alguma brisa entrasse pela janela. Nenhum sopro sequer, apenas o muro de concreto à sua frente. Tomou um gole d'água.

A cabeça voltava a doer e agora sentia a vista embaçando. Tentou focar a visão no muro, com os olhos cerrados. Teve a impressão de que o concreto se aproximava. Sacudiu a cabeça, levantou-se e foi ao banheiro.

Tonto, encarava o fundo do vaso sanitário sem pensar em nada. Respingos de urina se espalhavam pelo assento. Fechou a braguilha e sentiu enjoo tomar conta de seu estômago. Debruçou-se sobre o vaso e colocou o dedo na garganta. Vomitou visceralmente até o corpo excretar todo o lanche do *fast-food* e expelir bile. Estava nervoso e exausto.

Na pia, lavou as mãos, o rosto e bochechou com água. De frente para o espelho, via seu reflexo turvo. Respirou fundo e voltou para o quarto. Uma mulher com cara de impaciente esperava na porta do banheiro para entrar.

Tomou um ansiolítico e tentou se acalmar. A mulher, ao sair do banheiro, passou por ele e o encarou, com cara de nojo. Sentiu o calor subir até a cabeça. Com raiva, decidiu sair sozinho pela avenida em busca de uma loja que vendesse um ventilador de chão, enquanto o menino se distraía no celular.

Passou reto pela garota da recepção, que parecia estar pronta para cumprimentá-lo com um sorriso no rosto. Pequena, inocente e irritantemente simpática.

V

A cidade estava iluminada por comércios e painéis de farmácias. Se não fosse pelo céu escuro, não se notava que era noite. Ele andava sem saber muito bem para onde ir. Precisava tomar um ar. Olhava para todos os lados e o excesso de informação o consumia. Parecia ter sido uma péssima ideia deixar o *hostel* naquele estado.

Sentia pontadas no lado esquerdo da cabeça, atrás da orelha. Com os olhos espremidos e a boca contraída, se questionou: "AVC ou ansiedade?". Aflito, só queria que o ansiolítico fizesse efeito logo.

Aos seus pés, viu um monte de papelão, sacos e roupas. Identificou duas pernas e um tronco, de uma pessoa estirada no meio da calçada. Desviou atordoado e virou a esquina, em uma rua escura, residencial e sem movimento.

À frente, não havia ninguém, apenas carros estacionados, casas pouco iluminadas e algumas árvores sufocadas pelo concreto.

Ouvia, contudo, sons de movimentos que se aproximavam. Virou o rosto de um lado para o outro, mas não enxergou nada. Sua cabeça latejava e a tontura o dominava.

O som se intensificava e parecia cada vez mais próximo. Sentiu que não estava sozinho. As pontadas agora pareciam pauladas na cabeça. Escutou um grito e, de repente, desaprendeu a respirar. Suas pernas falharam e seu corpo se chocou na calçada. Com os olhos entreabertos, via o céu escuro e uma figura que vinha em sua direção.

Era Bruno, que o observava sem reação, como quem analisava um inseto agonizando até a morte com curiosidade. Marcos tentou pronunciar o nome do menino, mas não tinha certeza se aquela visão era real. Tampouco tinha forças para falar.

Bruno, aos poucos, mudava de expressão e fisionomia. Seus olhos ficaram mais profundos e melancólicos. A pele agora era escura e os cabelos oxigenados, curtos e crespos. As cicatrizes de seu rosto brilhavam em cor dourada.

O menino não falava nada, apenas o olhava com seriedade. Vestiu-se, cobrindo o rosto, com um capuz de palha. Segurou a mão do homem com seus pequenos dedos. Daquele gesto, irradiaram-se luzes pretas, brancas e vermelhas.

O medo que Marcos sentia deu lugar a um sentimento de plenitude e compaixão. Compaixão por si mesmo, por seu filho e por aquela criança-adulto. Então, fechou os olhos e respirou. Sentiu o ar preencher e dar vida a seus pulmões novamente. O concreto o impulsionou para cima.

Sentou-se e, ao abrir os olhos, não viu mais o menino ou seu filho. Estava cercado por pessoas que o encaravam com preocupação. Uma mulher agarrava o seu pulso e apoiava o celular na orelha.

— Ele tá vivo! — gritou aliviada.

VOCÊ MERECE A REDENÇÃO

I

Estava cansada da viagem, mas não conseguia dormir. Perdeu o sono às 5h. Encarou o teto do beliche, revirou-se no colchão e aguardou ansiosamente pelo horário em que era servido o café da manhã.

Sentada em uma poltrona, próxima ao balcão da recepção, ela bebia um café forte e sem açúcar. Com o celular na mão, assistia sem reação aos vídeos de cachorrinhos, desafios de dança e *influencers* que discursavam sobre força de vontade, exercícios físicos e dietas para emagrecer.

Os posts repetitivos a entediavam, mas ao menos afastavam pensamentos indesejados e a angústia que os sucedia.

Ela gostava de não pensar em nada, sentir o mínimo possível e não falar com ninguém. Apática e impassível, assim estava bem. Quando contrário, fantasmas do passado, remorso e outras emoções perturbadoras a afligiam.

Voltou para o quarto e deitou-se para esperar as horas passarem. Tinha tempo suficiente para descansar antes de se arrumar.

Quando fechou os olhos, lembrou-se da última vez que viu a filha. Fazia dez anos, mas aquele momento estava vivo como se fosse ontem. A menina tinha vinte e dois anos, um black power tingido de vermelho fogo e levava uma mala carregada de roupas na mão. Namorava uma garota de cabelos curtos. "Não era esse o problema", ela repetia para si mesma, todos os dias, ao longo da última década.

Mas de nada adiantava pensar nisso agora, só ficaria mais angustiada. Abriu os olhos e virou-se para o outro lado da cama. Veio a São Paulo para se redimir, era o que importava.

II

No canto do quarto mais próximo a ela, dois garotos que pareciam ter trinta e poucos anos conversavam em voz alta e atraíam olhares dos demais hóspedes. Eles se arrumavam para sair e, ao trocar de roupa, exibiam seus ombros largos e músculos definidos.

Analisando aqueles homens que esbanjavam sem esforço beleza e jovialidade, ela desejou estar com alguém. Sentir um outro corpo e tocar uma pele que não fosse a sua. Mas fazia tanto tempo que não transava, mal conseguia se lembrar da sensação.

Constrangida com seus próprios pensamentos e temendo ser notada, fechou os olhos e fingiu dormir. Sentiu um aperto no peito e desejou, então, estar em completa solidão.

Conhecia aquele sentimento, a culpa a possuía novamente. Seu coração acelerava e o ar chegava cada vez menos em seus pulmões. Era tomada por uma vontade de sumir, virar pó, voltar para o nada. Lamentou o dia de seu próprio nascimento. Estava asfixiada por emoções.

Perguntou-se se, naquele quarto, entre todos os desconhecidos que lá dormiam, ela era a que mais havia errado na vida. Provavelmente, sim, era difícil alguém ter feito mais merda que ela. Rejeitar e abandonar a própria filha; uma atitude para poucos, própria de egoístas com alto grau de insensibilidade.

Abriu os olhos e encarou os garotos, que pareciam rir escandalosamente, quase de propósito. Sentiu inveja daquela felicidade despreocupada.

"Como são livres". Em momentos como aquele, ela desejava secretamente ser um homem. Sonhava viver a liberdade inconsequente, o prazer irresponsável, sem ser julgada. Gostaria de ser um homem para, sobretudo, receber o perdão por seus pecados, a absolvição de suas condenações.

Ah... ela teria sido um grande pai! Reconhecida pelos anos que abdicara de sua vida, pelo esforço do seu trabalho e as noites mal dormidas. Mas isso não passava de uma fantasia, a verdade é que ela nascera com um útero, tornara-se mulher, cometera seus erros e agora carregava as devidas cruzes.

III

O despertador tocaria em meia hora e sua barriga doía de ansiedade. Precisava se recompor. Levantou-se e foi ao banheiro lavar o rosto suado. A água gelada escorrendo na cara era finalmente um momento de alívio.

As pontadas no estômago a faziam transpirar cada vez mais. Para seu desespero, todas as cabines do banheiro estavam ocupadas e, em alguma delas, alguém vomitava. Só de escutar, sua barriga revirou. Esperou, agoniada.

Quando uma das cabines se abriu, um homem saiu fedendo a suor, assim como ela. Não a cumprimentou e se entreolharam com desdém. Ao entrar, se deparou com o vaso sujo de urina. Reclamou, limpou e forrou o assento com papel higiênico. Sentiu mais raiva daquele homem do que sentia dela mesma.

Fez força e não pensou em mais nada. Evacuou toda a ansiedade que a consumia, até que não sentisse mais dor. Limpou-se e recuperou sua dignidade.

Lavou as mãos, esfregando bem os dedos com água e sabão. Não tinha mais nojo de si mesma. Respirou fundo e encheu o peito de coragem.

Não podia mais desistir, precisava ignorar o medo que a consumia. Iria ao encontro da filha e encararia a situação, independentemente do que pudesse acontecer. Sempre imaginou que ela a ofenderia, jogaria em sua cara tudo que sofrera e a faria implorar por perdão. Por isso, adiou por tanto tempo esse momento, mas agora não podia dar lugar a esses pensamentos.

Vestiu-se, maquiou as olheiras escuras, que denunciavam sua ansiedade, e deixou o *hostel*.

VI

No caminho, trânsito. Essa era a última coisa que poderia acontecer: atrasar-se. O tempo corria cruelmente, enquanto o carro permanecia parado. Cogitou descer e pegar um ônibus, mas não sabia se locomover na cidade.

De minuto em minuto, acompanhava o tempo de chegada no aplicativo, torcendo para que diminuísse. Quando estava dez minutos atrasada, enviou uma mensagem à filha, que a esperava.

Afobada e pronta para desculpar-se, entrou no restaurante procurando pela menina de cabelos vermelhos. E lá estava ela, acompanhada de outra mulher, que carregava uma criança no colo.

Foi ao encontro da filha, que já não era mais uma menina, e sentiu um calor no peito ao rever aquele rosto – perfeitamente desenhado por ela – que um dia fora tão familiar.

Surpreendeu-se ao ser cumprimentada com um sorriso. As duas se abraçaram meio sem jeito, reconhecendo o toque e o cheiro, uma da outra. Beijou a bochecha da filha, em um ato instintivo que superou seu medo de ser rejeitada, e voltaram-se para a criança.

— Você tem um netinho.

Era um menino lindo, com a pele negra dourada igual a dela, e grandes olhos castanhos como os de sua filha. Levava o dedo gordinho pendurado na boca. Parecia saudável e feliz.

— Dá oi para a sua avó, filho.

O menino soltou uma risada tímida e escondeu o rosto nas mãos pequeninas. Ela não falava nada, só sabia chorar. Felicidade genuína, como não sentia há anos. Estava viva de novo!

TRISTEZA E PÉ NO CHÃO

|

A noite havia sido difícil. Quando cheguei em casa, depois do serviço, meu pai não estava lá e não dava sinal de vida. Minha mãe, preocupada como sempre. Tentei acalmá-la e telefonei várias vezes para ele, mas não atendia e nem respondia às mensagens.

— Você já viu se ele está no bar?

— Não, não aguento mais passar por essa vergonha — ela me respondeu, se lamentando. Irritava-me o fato de minha mãe não conseguir resolver nada sozinha. Sempre sobrava para mim.

Calcei os tênis e saí à procura dele. No boteco da esquina, ele não estava. Lá, havia feito inimizades e há tempos não frequentava. Segui em direção ao bar de preferência, mas também não o vi.

— Seu pai saiu daqui há uns trinta minutos, mas não estava muito bem, não. Deve estar aí pela rua — respondeu o cínico que o vendia pinga todos os dias.

Respirei fundo para não ofendê-lo e me retirei. Segui naquela desagradável busca, agora mais preocupada. A cada passo que dava, criava um cenário catastrófico de como o encontraria: o corpo estirado no meio da calçada, cercado por viaturas da polícia e um homem apavorado sentado em frente ao volante. Ou ele estaria dentro da viatura, algemado, a caminho da delegacia por desacato à autoridade.

Nenhum cenário positivo passava pela minha cabeça.

Naquela rua, ele não estava. Virei à esquerda e caminhei em direção à igreja, guiada por uma fé desesperada. Como um milagre, o encontrei deitado nas escadarias que davam para o portão fechado da igreja. Analisei todas as partes do seu corpo; estava intacto. Ele dormia profundamente como um bebê, ou melhor dizendo, como um bêbado.

Chamei seu nome, mas ele não reagiu. Só consegui acordá-lo com gritos e sacudidas. Estava confuso e praticamente inconsciente. Quando finalmente ficou em pé, coloquei seu braço sobre meus ombros. Pequena como sou, não tinha forças para carregá-lo. O caminho até em casa foi longo e árduo.

Quando chegamos, minha mãe nos esperava chorando, sentada na cozinha. Colocamos seu corpo pendente e pesado no chuveiro ligado com água morna. Aos poucos, ele retomava o sentido. Gritava de raiva e nos ofendia:

— Vocês querem me matar afogado! Querem se livrar de mim!

— Cala a boca, homem — respondia minha mãe no mesmo tom de voz.

Secamo-lo, vestimos uma roupa quente e o colocamos para dormir no sofá. Não deu mais trabalho. Roncava alto.

Comi alguma coisa, mesmo sem fome. Tomei um banho e logo me deitei. Estava exausta. Não gostava e não tinha tempo de lamentar, precisava acordar cedo no dia seguinte.

Às 6h, estava no lotado ônibus 107T-10, Terminal Pinheiros, a caminho da rua Consolação. Cheguei ao *hostel*, coloquei a mochila na mesa da recepção e servi o café da manhã para os hóspedes com um sorriso no rosto.

II

A manhã estava quente e agitada, com entradas e saídas de hóspedes. Minha cabeça estava concentrada nas atividades do trabalho e não se ocupava com nada além disso. Eu conversava com os que comiam o café da manhã e percebia que não era a única de mau humor. Ainda assim, me esforçava para manter o clima positivo.

Quando o movimento diminuiu e a maioria dos hóspedes se arrumava para sair, me vi sozinha na recepção. Sentei-me, abri o caderno e destampei a caneta. Na folha em branco, escrevi sobre o garoto, tímido e observador, que estava hospedado com o pai.

Algumas frases depois e eu me perdia em pensamentos. As memórias da noite anterior se projetavam uma a uma em minha frente, sem o meu consentimento. Senti subir, na garganta, o ácido refluxo e a azia. Bebi um gole de água e fechei os olhos. Desejei estar deitada em minha cama, com a porta fechada e a luz apagada.

Meu corpo queimava e, em minha boca, um gosto ácido. Achei que pudesse vomitar e fui correndo ao banheiro de funcionários. Tentei controlar a azia, mas me escaparam lágrimas. Sentada no vaso sanitário, chorei por alguns minutos. Lamentei-me, senti pena de mim mesma, mas não podia deixar a recepção vazia. Levantei-me, lavei o rosto e voltei para o trabalho.

Na televisão da sala, um belo casal caminhava pelas ruas de uma ilha grega. As casas uniformemente brancas e a vista do oceano azul ilustravam o programa. Aquilo tudo era insuportavelmente bonito. Desliguei e coloquei uma *playlist* de samba, que eu fui instruída a tocar quando houvesse algum estrangeiro hospedado: "eles adoram!".

Clara Nunes cantava os primeiros versos da música:

"Dei um aperto de saudade no meu tamborim,

Molhei o pano da cuíca com as minhas lágrimas."[1]

No lugar da cama no quarto escuro, me imaginei desfilando em uma avenida, ao lado de uma multidão fantasiada com ornamentos de penas e pedras brilhantes. Os sambistas batucavam nos tamborins e caixas, com seus chapéus e ternos tão brancos quanto as paredes gregas.

"Dei meu tempo de espera para a marcação

E cantei

A minha vida na avenida sem empolgação."

O refrão da música ecoava em coro e todos dançavam no mesmo ritmo. Alegria e despreocupação pairavam no ambiente, lá todos nós éramos felizes.

Fora da avenida, na mesa da recepção, o menino me cumprimentava com seu jeito tímido. Abriu a mão pequena, para mostrar uma nota de vinte reais, e me pediu duas garrafas d'água.

Eu estava de volta à realidade e a voz de Clara Nunes cantava ao fundo:

"Vai manter a tradição

Vai meu bloco, tristeza e pé no chão".

---

1 Tristeza, Pé no Chão, Clara Nunes

HISTÓRIAS
COLETIVAS DA SALA DE ESTAR

HISTÓRIAS
COLETIVAS DA SALA DE ESTAR

DA TERRA DO FOGO AO ÁRTICO

|

Às 7h30 de uma manhã de Carnaval, eu estava limpando um vaso sanitário. Um vaso sanitário que eu não havia sujado. Para ser mais clara, era uma manhã de Carnaval e eu estava limpando merda alheia.

O que seria um belo ato de altruísmo, se eu não fosse paga para isso. Algum hóspede parecia ter tido uma disenteria e fez o favor de não dar a descarga.

Debrucei-me no serviço e esfreguei a porcelana do vaso, com muito afinco e água sanitária. Deixei tudo brilhando e tive orgulho de mim mesma. Com certeza, aquela situação renderia uma ótima história de superação no futuro, sobre como eu era uma garota batalhadora e esforçada.

Lavei as mãos e fui para a cozinha preparar o café da manhã dos hóspedes. Dois pães de forma, uma fatia de muçarela e outra de presunto. Banana e suco de caixinha. Assim eu montava as refeições mecanicamente, com movimentos calculados para preparar a maior quantidade de bandejas de café da manhã por minuto.

Às 8h, as primeiras pessoas sentavam-se para comer. Todos, ainda sonolentos, me cumprimentavam com um "bom-dia" chocho. Já eu, buscava ser simpática, apesar de odiar ter que socializar àquela hora. Afinal, o dinheiro compra tudo, mas é incapaz de me fazer trabalhar com bom humor pela manhã.

Na mesa mais próxima a mim, sentou-se Luciana, uma argentina de pele bronzeada e cabelos louros, que devia ter lá seus trinta e poucos anos. Ela era aquele tipo de hóspede que falava com todos e uma pessoa interessante, que valia a pena conhecer.

Estava no *hostel* há três noites e sempre conversávamos. Conhecia muito bem a história do seu país e me contava sobre Buenos Aires, localizada no sul do continente, banhada pelo Rio da Prata. Luciana explicava que a Plaza de Mayo era símbolo de resistência à ditadura militar e um ponto turístico imperdível da cidade, assim como o bairro de San Telmo, onde ficavam os principais museus da cidade.

Enquanto Luciana falava e comia seu café da manhã, outra hóspede sentou-se para acompanhá-la. Marília era uma jovem peruana, que tinha amigos brasileiros e viera para aproveitar o Carnaval de rua.

A moça despertava cedo todas as manhãs e fazia seu ritual de carnaval: se maquiava, vestia uma roupa colorida, colava no corpo lantejoulas e glitters – que eu sempre varria no final de expediente – e passava por mim, acenando uma "*hasta luego*", animada.

Eu bebia minha xícara de café, enquanto acompanhava a conversa das duas sobre festas e passeios do dia anterior. Observar os hóspedes e ver novas, e muitas vezes improváveis, amizades se construindo estava entre as coisas de que mais gostava naquele trabalho. Luciana e Marília eram um desses casos.

Liguei o computador e preparei o sistema de *check-ins* e *check-outs*. O dia seria agitado, com muita gente chegando no *hostel*. A previsão do clima era de fortes chuvas após o almoço. Eu precisaria ficar esperta, para retirar os móveis que não podiam molhar na área aberta, sem deixar a recepção vazia por muito tempo. Meu Carnaval seria de trabalho intenso.

II

No início da tarde, já pairava pela cidade um astral carnavalesco. Da rua, eu escutava os foliões cantando, rindo, falando alto e músicas que ecoavam das caixas de som dos blocos mais próximos.

Movimento acelerado, não havia descanso entre um *check- -in* e outro. Como de costume, Marília já havia saído para festejar, carregando uma *vodka* colorida. Já eu, como uma boa faz-tudo, abria garrafas de cerveja e preparava drinks no bar.

Estava desempenhando bem o meu trabalho, até que um grupo de gringos americanos se apoiou no balcão. Um deles, de meia-idade e cabeça calva, olhou para a minha cara com seus olhos azuis e disse:

— *Duais caepirinhais e treis cuba libreis, po fafor.*

Aceitei o pedido sorrindo, evitando transparecer a insegurança de uma garota de 20 anos, em seu primeiro emprego. Assim que viraram as costas, desbloqueei meu celular e pesquisei no Google como se fazia uma Cuba Libre.

"Seja o que Deus quiser!", pensei com coragem e uma dose generosa de rum na mão.

Duas fatias de limão, gelo e Coca-Cola. Repeti o processo em cada copo. A caipirinha era fácil: cachaça, gelo, limão e muito açúcar.

Como os *bartenders* não costumam experimentar as bebidas dos clientes, entreguei os drinks sem ter ideia de como estavam. Os gringos me recompensaram com generosas gorjetas em notas de dez reais e, de repente, nunca havia gostado tanto de norte-americanos em toda a minha vida. Cantarolei *The Star-Spangled Banner* enquanto colocava o dinheiro na carteira.

III

A sala estava ocupada com os poucos hóspedes que não encararam as festas de rua e fugiam do calor. Para animar o ambiente, liguei a televisão no canal de esportes radicais, viagens de *motorhome* e surfistas com cabelos parafinados.

Os norte-americanos conversavam e riam, entre um gole e outro. Para o meu alívio, pareceram não odiar as bebidas.

Pela porta da sala, entrou Luciana, após uma manhã fora. Ofegante, me pediu uma garrafa d'água. Sentou-se próxima a mim e refrescou-se com a bebida gelada.

— *Uf... hace un tremendo calor afuera! Creo que va a llover.*

Olhei para a janela e vi as nuvens carregadas que se agrupavam no céu.

— Você chegou na hora certa. Por onde esteve hoje?

— *Fuí en el museo Pinacoteca. Están con una exhibición muy buena, con artistas de todo el continente* — respondeu a argentina, colocando sob a minha mesa um panfleto:

Centralizado, o título "PAISAGEM NAS AMÉRICAS: PINTURAS DA TERRA DO FOGO AO ÁRTICO" e, abaixo, uma obra que ilustrava uma paisagem no Novo México. Georgia O'Keeffe, *Paisagem de Black Mesa*, 1930.

A pintura a óleo era viva e colorida, composta por uma camada verde de vegetação e montanhas, em tons de areia e azul, que alcançavam o céu celeste. A imagem me passava um sentimento de calma e imensidão.

— Que incrível seria poder entrar nessa pintura, não?

— *Claro, este lugar parece hermoso y tranquilo. Pero no creo que haya un carnaval tan emocionante como aquí.*

— Realmente, acho difícil. — Soltei uma risada debochada, de quem não estava aproveitando o carnaval. — aceita uma cerveja para animar o dia, Lu? — perguntei apontando para a geladeira cheia de garrafas, ligada na temperatura de quatro graus Celsius.

— *Dale, gracias*! — respondeu, sorrindo e batendo as palmas das mãos.

IV

O vento uivava entre as frestas das janelas e as portas batiam. O céu estava escuro, como se anoitecesse às 15h30. Lá fui eu, fechar tudo e retirar as cadeiras e mesas do quintal.

Corria de um lado para o outro, com medo que entrasse água nos dormitórios e nos pertences dos hóspedes. Minha missão se cumpriu, quando todos os bens do dono do *hostel* foram protegidos.

Voltei rapidamente para a recepção, onde uma fila de cinco pessoas havia se formado. Um homem, sozinho, perguntava se tinha cama livre para aquela noite. Duas mulheres pediam cafés. No fim da fila, por sua vez, o homem de meia-idade, cabeça calva e olhos azuis, esperava para pagar as bebidas.

Calculei o total da conta e peguei a máquina de cartão de crédito. O norte-americano passou seu cartão internacional, me olhando com um sorriso quase artificial. Era tão simpático, que parecia sentir pena de mim.

Ele agradeceu e seus amigos, igualmente sorridentes, o acompanharam até a saída.

Como sempre, após concluir um pagamento, eu precisava imprimir a nota do estabelecimento e registrar no sistema. Com a máquina na mão, retirei a via e notei que a bobina havia acabado.

Levemente ansiosa, abri as gavetas da mesa e as vasculhei, procurando por novas bobinas. Encontrei-as e, mais tranquila, pensei: "colocar isso na máquina não pode ser difícil".

Abri a peça e encaixei o rolo de papel. Apertei uma tecla da máquina e a palavra "ERRO" se projetou.

A chuva caía lá fora.

Analisei e não vi outra opção a não ser repetir o processo. A bobina encaixou perfeitamente, mas a máquina não funcionava.

Agora, apavorada, tentei mais uma vez e... nada. "Gringo desgraçado!", pensei enquanto o meu corpo esquentava. Deixei escapar um "bosta" em voz alta.

Percebendo a minha aflição, Luciana, que desfrutava da companhia de outros hóspedes, aproximou-se e perguntou se eu precisava de ajuda. Com medo de perder o emprego, aceitei.

Ela olhou a máquina e a bobina. Assim como eu havia feito, encaixou as duas peças e aguardou a reação do objeto. "ERRO". Naquele momento, eu já não sabia o que fazer.

Encarei o contato do meu patrão no celular, pensando se deveria chamá-lo ou não. Enquanto entrava em pânico, Luciana tentava me ajudar, sem êxito.

Naquele momento, Marília entrou. Com a maquiagem borrada e os cabelos úmidos, trançava as pernas moderadamente, se esforçando para disfarçar a embriaguez.

Cumprimentou as pessoas, desajeitada e enrolando a língua ao pronunciar o erre. Assim que viu a argentina ao meu lado, veio em nossa direção.

— *Hola, chicas. Esta lluvia acabó con mi Carnaval. ¡Estoy tán triste!*".

Dei risada, apesar de me sentir tão desolada quanto ela, e ofereci:

— Se quiser, posso te fazer uma bebida. Só não consigo cobrar, vai ser por conta da casa.

Enquanto preparava a caipirinha, explicava o que havia acontecido. Luciana ilustrava a história, com a máquina de cartão na mão.

Marília nos ouvia, calada e séria. Entreguei-lhe o copo cheio. Ela agradeceu e deu um bom gole, com os olhos fechados. Em seguida, deixou a bebida de lado e pegou a máquina da mão de Luciana.

Com um simples toque da moça alcoolizada, o aparelho se reiniciou. A tela apagou e o sinal de erro sumiu. Minutos de silêncio se seguiram e nós três encarávamos a máquina, atentas.

"Bem-vindo!", a tela acendeu.

— Marília, você é uma gênia!

Ela virou o resto da cachaça com gelo e, naquele momento, senti que nunca havia gostado tanto de alguém em toda a minha vida.

V

Ao final do expediente, fechei o caixa e varri a purpurina da sala. Tranquei a fatídica máquina de cartão na gaveta e me despedi de todos.

A rua estava cheia de pessoas que, assim como eu, passaram o Carnaval trabalhando. Subi no ônibus lotado e, a caminho de casa, contemplava as paisagens e agradecia aos céus por não ter perdido o emprego. Precisava do salário para pagar a faculdade no próximo ano.

Não estava segura sobre qual curso escolher, mas tinha certeza que era preciso ter um diploma, para construir uma carreira e conseguir sair da casa do meu pai.

Da minha mochila, tirei o caderno e a caneta. Escrevi algumas frases sobre o caótico dia, e sobre Luciana e Marília. Estava tão compenetrada, buscando não riscar o papel a cada sacolejar do ônibus, que quase perdi o ponto.

— Motorista, pode parar aqui? Preciso descer!

Parada Solicitada. Fim de mais um dia.

A SÃO SILVESTRE

I

Lembro-me da Avenida Paulista cheia de pessoas que se amontoavam nas calçadas para ver os atletas cruzarem a linha de chegada da São Silvestre. Eu era pequena e me preocupava em não soltar a mão da minha mãe. Espichava o pescoço para tentar enxergar alguma coisa... em vão.

Quando minha mãe me levantou em seus braços, pude ver a rua cercada por faixas que delimitavam o percurso da corrida.

Rápidos como cometas, atravessaram dois atletas, um do Brasil e o outro do Quênia. Marilson dos Santos e Robert Cheruiyot corriam lado a lado, disputando cada passo. Quando o brasileiro abriu vantagem e assumiu a liderança, o povo gritou e assoviou. Marilson seguiu à frente, cercado por motocicletas da Polícia Militar. Alguns espectadores invadiam a pista e causavam alvoroço, até serem reprimidos pela polícia.

O brasileiro rompeu a faixa da vitória e a Avenida Paulista vibrou. Muitos erguiam os braços enquanto outros se abraçavam em comemoração. Minha mãe pulava e me jogava para o alto. Não entendia muito bem o que aquilo tudo significava, mas sentia como se eu tivesse vencido a São Silvestre. A vitória de Marilson dos Santos, naquele ano, foi também a minha vitória.

II

Anos depois, em um dia 30 de dezembro, estava sentada na cadeira da recepção e atendia a cada um dos hóspedes, que se organizavam em uma longa fila para realizar o *check-in*. Pedia os documentos e dados pessoais dos primeiros da fila para cadastrá-los no sistema, enquanto os demais esperavam, pacientemente, para a minha surpresa.

Eram mulheres e homens que carregavam pouca bagagem e vinham sozinhos ou em casais. Todos eram brasileiros, mas falavam com sotaques variados. A maioria dos corpos eram magros e definidos, destacavam os músculos das coxas e panturrilhas.

— Essa é a tua primeira São Silvestre? — perguntou um senhor que aparentava ter uns setenta anos, pesando no máximo 60 quilos, a outro homem parado à sua frente.

— Sim, nunca participei de uma maratona reconhecida desse tipo. Tô animadão! — respondeu o mais novo, com um sorriso sincero no rosto e continuou:

— Parece que a maioria do pessoal veio para a São Silvestre, né?

Eu escutava a conversa dos dois, enquanto trabalhava freneticamente. Pouco a pouco, as camas eram ocupadas e as reservas indicavam que os quartos estavam com lotação máxima.

— Sim, eu fiquei aqui nos últimos anos e sempre foi assim, essa gente vem de tudo quanto é lado para a corrida — explicou o senhor, erguendo os braços finos e chacoalhando as mãos compridas, fazendo referência a todos que estavam naquela sala. — Você vai gostar! Tá treinando há quanto tempo?

— Cara, eu corro já faz tempo, mas comecei a fazer distâncias maiores no ano passado. Tô correndo uns dez quilômetros ultimamente, mas vamos ver. Vai ser um desafio.

— Próximo, por favor — chamei, interrompendo a conversa entre os dois.

— Opa, bom dia! — o homem parou à minha frente e me entregou seu RG.

— Bom dia! Vou procurar a sua reserva e seguimos com o check-in, está bom? — disse a frase padrão, pela décima vez naquele dia que havia acabado de começar.

Lucas Carvalho, nascido dia 14 de maio de 1992, em Fortaleza, Ceará. Olhos castanhos-claros, barba por fazer e dentes grandes. Era mais bonito pessoalmente do que na foto do documento.

— É a sua primeira vez aqui, né? Seja bem-vindo! — ele concordou e agradeceu, tocando em meu braço respeitosamente. Seus olhos estavam comprimidos pelas maçãs do rosto, e brilhavam. Ele parecia feliz.

— O quarto é no final do corredor, à esquerda. Você pode escolher qualquer cama que estiver desocupada.

O moço puxou a mochila, colocando-a nos ombros e foi em direção ao dormitório. Em seguida, acenei para o senhor que esperava na fila.

— Bom dia, tudo bem?

— Tudo ótimo, moça! E você? — respondeu com um entusiasmo surpreendente.

— Tô bem! — tentei parecer tão animada quanto ele, mas senti que não fui convincente. — Vou precisar do seu documento para fazer o *check-in*.

José Aguiar, nascido em 02 de dezembro de 1960, em Feira de Santana, Bahia. Calvo, de pele negra retinta, sobrancelhas grisalhas e dentes bem brancos, que não apareciam na foto do RG, na qual ele não sorria. Definitivamente, era muito mais simpático pessoalmente.

— Senhor, está tudo certo com a sua reserva. O seu cadastro já estava feito. Não é a sua primeira vez aqui, né? — perguntei na intenção de puxar assunto, pois por algum motivo ele me chamava a atenção. Talvez fosse sua personalidade alegre ou as rugas em seu rosto, que me davam a impressão de que ele tinha muita história para contar. Independentemente do porquê, dei abertura para a conversa, mesmo havendo mais pessoas para atender.

— Não, São Paulo já é a minha casa — ele me respondeu rindo e apoiando-se em minha mesa. — Sempre venho nessa época do ano, sou veterano da São Silvestre — disse orgulhoso.

— Que demais! Você corre há quanto tempo?

— Ah... já faz quase quarenta anos. Comecei a correr quando estava no Exército. Nós tínhamos uma pista longa no quartel e sempre competíamos. Sou aposentado, mas ainda corro — ele contava, olhando nos meus olhos. — Correr é a minha paixão.

Imediatamente, nós dois sorrimos um para o outro.

Vendo aquele senhor falar com tanta emoção, me questionei se eu tinha alguma paixão em minha vida.

Não me ocorreu nada de primeira, pois nunca fui de praticar esportes ou ter qualquer tipo de *hobby*. Não existia nada de muito interessante que gostasse de fazer.

Mas, pensando bem, talvez a minha paixão fosse escutar histórias de vida, sejam elas bonitas como a dele, ou não. Logo, me perguntei se meu interesse na vida dos outros era porque achava a minha sem graça, ou, porque estava acostumada a fugir constantemente de mim mesma.

José parecia envolvido em suas próprias memórias. Contemplando a vista da janela que dava para a rua, me contou que havia feito grandes amizades durante os anos no Exército:

— Amigos que estarão sempre no meu coração, mesmo que a gente não esteja junto. Alguns deles até já faleceram. Mas enfim, menina. — desviou os olhos da janela e voltou-se para mim novamente: — O que queria te dizer é que a corrida não é um esporte de competição. Você desafia a si mesmo. A graça é se superar a cada quilômetro, e um atleta dá força para o outro. Por isso, essa gente toda que está aqui se dá tão bem. Temos uma paixão em comum, entendeu?

Seu rosto enrugado, cada fio branco das sobrancelhas bagunçadas e as palavras sábias que ele proferia me tocaram profundamente como um feitiço. Havia algo de mágico naquele senhor. Eu, contudo, me desconcertei e só consegui responder com uma piada sem graça:

— Isso é tão bonito. Acho que vou fazer agora mesmo a minha inscrição para a São Silvestre! — e ri, um pouco abobada.

Apesar de parecer que ele conhecia aquele lugar tanto quanto eu, voltei ao pragmatismo do trabalho e indiquei onde era o dormitório. O senhor foi em direção, mas antes de sair do meu campo de visão, virou-se para trás e disse:

— Ei, menina. Você tem um corpo pequeno e leve, como das maratonistas. Experimente correr, levaria jeito.

Fiquei pensando se aquela fala era um conselho ou uma profecia. De qualquer modo, guardei a cena e não quis esquecê-la.

III

— Próximo, por favor — chamei o seguinte da fila.

Após desligar o celular que levava apoiado entre o ombro e a orelha, a mulher sentou-se à minha frente. Seus cabelos eram tingidos de loiro, lisos, e sua pele bronzeada. Devia ter lá seus cinquenta e poucos anos.

— Oi, tenho uma reserva para ficar aqui duas noites. — Direta e reta.

— Oi. Me empresta seu documento, por favor? — respondi com a mesma objetividade.

Abriu o zíper da bolsa e afundou o braço à procura da carteira. Remexeu os objetos e colocou sob a minha mesa: uma garrafa d'água, um boné e um suporte de celular para o braço. Voltou-se para o fundo da bolsa e olhou com atenção, até achar a carteira, pequena e simples, feita de um tecido com estampa floral.

Entregou o RG. Antônia da Silva, nascida em 1969 e registrada no município de Niterói, Rio de Janeiro. Lembrei-me, então, de um trecho do livro de história escolar que contava sobre a fundação de Niterói.

Já durante a ocupação portuguesa, a cidade foi fundada por um líder tupi temiminó. Lembrava-me da foto da estátua que o homenageava e replicava sua marcante aparência. Era um homem de cabelos nos ombros, cara fechada e nariz saliente. No monumento, ele vestia tanga e uma cruz no pescoço.

Enquanto digitava os dados de Antônia no sistema, rompi o silêncio:

— Antônia, seja bem-vinda. Você veio aproveitar o ano novo por aqui? — perguntei por curiosidade.

— Não, eu vim correr a São Silvestre, que nem essa galera toda! — apontou para as pessoas que conversavam na sala de estar e continuou: — Tirei uma folga do meu restaurante e vim... sozinha, acredita?! — empinou o queixo e apoiou o cotovelo na mesa.

— Olha só, que legal! Você é dona de um restaurante? — perguntei, mesmo já imaginando a resposta.

— Sim, é o Restaurante da Toninha! — ergueu e movimentou as duas mãos, desenhando um letreiro invisível no ar. — É, eu sou cozinheira, empreendedora e maratonista nas horas vagas — afirmou com uma risada contagiante.

— Não é pouca coisa, hein?! — brinquei. — E quem ficou tomando conta do seu negócio enquanto você tá aqui?

— Minha filha e meu marido. Eles me ajudam muito, graças a Deus.

— Que bom! Quero conhecer esse restaurante um dia, viu?

— Opa, com certeza! Anota aí o endereço, mulher. Fica próximo à Igreja São Lourenço dos Índios...

Tirei o meu caderno da mochila, peguei a caneta que repousava ao lado do computador e tomei nota.

São Lourenço dos Índios, igreja que é patrimônio histórico nacional e evidência sólida – construída de pedra e pau-brasil – do pecado da catequização sagrada.

Desejei a Antônia uma boa corrida. Quis, ingênua, mas genuinamente, que aquela corajosa mulher fosse a primeira colocada da São Silvestre.

IV

Eu precisava ir ao banheiro e segurava a vontade há quase uma hora. Mas, finalmente, atenderia a última pessoa da fila.

Ela estava acompanhada de uma amiga, que já estava hospedada desde a noite anterior. Era uma mulher baixinha, de cabelos negros e olhos castanhos delicados. Carregava no braço um chapéu meia-lua, decorado com estrelas douradas, no estilo cangaceiro.

— Já sei! Você veio para a São Silvestre, certo? — perguntei, sabendo que corriam com adereços ou fantasias.

Ela concordou, enquanto se sentava à minha frente. Chamava-se Maria Aparecida de Souza, e era de Pernambuco, mais especificamente do município de Salgueiro.

— Seja muito bem-vinda! Você já tinha vindo para São Paulo antes? — perguntei com o carisma intacto, mesmo após tantos atendimentos. Afinal, a simpatia era marca registrada das avaliações que eu recebia nos sites de hospedagens e, possivelmente, minha única qualidade para aquele serviço.

— Não, essa é a minha primeira vez aqui. Também é a primeira vez que vou correr a São Silvestre — disse ao apoiar o chapéu sob o colo. — Tô muito empolgada! — continuou e sorriu para a amiga ao seu lado.

— Ah, que legal! Mas você já tem experiência com corrida?

— Opa! Sou educadora física e faço parte do clube de corrida da minha região. Todo ano participo da Raimundo de Sá. Já ouviu falar? — me questionou.

— Não conheço. Tudo que sei sobre corridas, aprendi hoje mesmo — respondi com sinceridade, aos risos.

— É a corrida mais tradicional do sertão de Pernambuco e acontece na minha cidade, em Salgueiro. Eu participo todo ano e dessa vez ganhei até troféu!

— Então, já está prontíssima para a São Silvestre! — apontei para o chapéu e, em seguida, perguntei: — E você vai fantasiada para a corrida?

— Sim, vou de Maria Bonita! Escolhi ela para representar a minha cultura, mas também porque fiquei sabendo que faz sucesso nas corridas.

— O pessoal adora, muita gente pede para tirar foto — completou a sua amiga que parecia ter conhecimento do tema.

Maria Déa, ou Maria Bonita, foi a primeira mulher do cangaço. Percorria a caatinga — mata branca em tupi-guarani — adentro. Entre xique-xiques e mandacarus, ela pisava com a sola da bota desgastada na terra árida e entre os arbustos retorcidos, como serpentes em posição de ataque.

Maria Bonita também corria, assim como Maria Aparecida de Souza, mas precisava ser veloz como um tiro de rifle. Corria para fugir da polícia ou para atacar coronéis e seus capangas. Fazia seu próprio percurso, rebelde e clandestino, e não podia deixar rastros.

— Ela é uma figura muito popular. Você vai fazer sucesso!

Finalizei o *check-in* e indiquei os dormitórios. As duas foram juntas, carregando uma mochila e sacolas, com as peças da fantasia.

Aliviada, poderia agora fazer uma pausa. Bloqueei o computador, fui ao banheiro e, por fim, me servi de café.

Sentei-me, novamente, em minha mesa e fiquei pensando em Maria Bonita e nos dilemas que cercavam sua memória:

heroína ou bandida? Revolucionária ou não? Se essas questões possuíam respostas, eu não sabia. Mas havia um fato que acabava de descobrir: na São Silvestre, a rainha do cangaço fazia sucesso.

V

Em 31 de dezembro, o dia começou mais cedo. Às 7h30, eu já estava no trabalho e servia o café da manhã. A largada da Corrida Internacional de São Silvestre seria às 8h40, no *hostel*, só se falava disso.

Mulheres e homens conversavam, sentados nos sofás e mesas da sala de estar. Compartilhavam técnicas de resistência para a temida, e íngreme, Avenida Brigadeiro Luiz Antônio. Vestiam roupas de poliéster e camisetas leves de marcas de esporte. Nos pés, tênis com solados amortecidos.

Alguns já usavam os adereços de suas fantasias: eram Maria Bonita, Homem Aranha e Chapolin Colorado. Os demais se divertiam e tiravam fotos com os personagens.

Liguei a televisão no canal mais popular do Brasil, que já cobria a organização do evento. O apresentador contava a história da corrida, que teve a sua primeira edição em 1925, quando o atletismo ainda era um esporte amador. A São Silvestre acontecia à noite, na virada do ano, e a televisão mostrava fotos dos atletas correndo nas escuras ruas de terra da cidade.

O primeiro vencedor, contava o jornalista, foi Alfredo Gomes, que era jogador de futebol, fundista e fora também o primeiro atleta negro a representar o Brasil em jogos olímpicos. Alguns hóspedes prestavam atenção na reportagem. Apontavam para a televisão e comentavam entre si. Pareciam conhecer aquela história, que era novidade para mim.

Faltavam cinquenta minutos para a prova, e a repórter, na Avenida Paulista, entrevistava os corredores anônimos que, ansiosos, chegaram adiantados. O clima era de festa e a energia contagiava até mesmo a jornalista:

"Essa é a corrida de rua mais tradicional da América Latina, e a vibração é única! Eu não vou correr, mas o meu coração já está acelerado", dizia entusiasmada com o microfone na mão.

Eu estava ansiosa e não conseguia parar um minuto, meu trabalho me parecia muito importante naquele momento.

Ajudava Antônia, Maria Aparecida e as outras hóspedes, que se preparavam para sair para a largada feminina. Enchia garrafinhas de água mineral e desejava boa sorte a todas, que pouco a pouco deixavam o *hostel*.

Os que permaneciam, comiam um café da manhã reforçado. O senhor José sentou-se próximo a mim e me pediu outra maçã. As frutas eram contadas, a regra era uma por pessoa, mas aquele dia era especial. Eu não achava que seria demitida por abrir uma exceção. Entreguei a maçã a ele e perguntei como se sentia.

— Estou muito feliz! Esse é um dos momentos mais esperados do meu ano. Agradeço sempre a Deus por estar aqui mais uma vez — me respondeu com um sorriso no rosto.

VI

Estava sozinha na sala, todos já haviam saído. Não existia movimento na recepção. No sofá, fiquei com os olhos pregados na televisão.

A repórter estava, agora, no pelotão da frente, ao lado das atletas profissionais. Ela comentava que a aposta da medalha de ouro era a queniana Jemima Sumgong, campeã olímpica, que levava o número vinte e nove no peito.

Havia, entretanto, uma atleta que chamava mais atenção, com o rosto e o corpo inteiro pintados de verde e óculos grandes escondendo os olhos. A jornalista apresentou-a como Ana "Animal", mulher que morava nas ruas de São Paulo e conseguiu mudar de vida graças ao atletismo. Ela me pareceu fascinante.

Foi dada a largada e a música de *Carruagens de Fogo* trazia emoção à cena. Procurava Antônia e Maria Aparecida na tela, mas não consegui encontrá-las em meio à multidão e às diversas placas, que os atletas anônimos carregavam com o nome das suas respectivas cidades.

Enquanto acompanhava a corrida e esperava a largada masculina, peguei meu caderno e escrevi sobre as pessoas que havia conhecido naqueles últimos dias.

A cada frase que compunha, me sentia mais cheia de vida. Como se algo finalmente fizesse sentido para mim. Um sentimento diferente, que eu não sabia nomear, me preencheu. Esperança, motivação ou alegria? Definitivamente, era algo novo, que eu não lembrava de já ter sentido.

Naquela noite, seria o Réveillon. Eu não tinha nenhum plano, além de ficar em casa. Mesmo assim, estava feliz. Permiti-me pensar, mesmo que com medo, que o ano seguinte pudesse ser especial para mim. Agradeci ao universo por estar viva.

HISTÓRIAS SABOROSAS DA COZINHA

PICANTE E AGRIDOCE

I

Às 2h30, eu encarava o computador à minha frente. O clima era de monotonia. Não havia muito o que fazer e, para me distrair, eu movia sem rumo a seta do *mouse* ao redor da tela. Abri o caderno, que repousava sob a mesa, e comecei a escrever. Rascunhei algumas frases, mas não tinha nada a contar. Minha mente, naquele momento, se assemelhava a um campo calmo e silencioso.

Os pensamentos eram poucos e se moviam como leves brisas ao soprar flores silvestres.

Sentia os movimentos peristálticos do meu corpo, que trabalhava — ao contrário de mim — na digestão do almoço. Meus músculos se dilatavam e contraíam sistemicamente, enquanto minhas pálpebras pesavam sob os olhos. Mas eu não podia me render ao sono. Estava no trabalho e não estava sozinha, havia uma pessoa próxima a mim. Era uma garota, que olhava o Kindle em suas mãos, sentada do outro lado da sala. Parecia compenetrada, mas conseguia me ver. Se não fosse por ela, eu já estaria com o rosto apoiado nos braços, me deixando levar por um sono profundo.

Chacoalhei a cabeça para despertar. Levantei e liguei a televisão em um canal de música. Uma canção familiar começou a tocar:

"Meia-noite

Em pleno Largo do Arouche

Em frente ao Mercado das Flores

Há um restaurante francês

E lá... te esperei"

Caminhando em direção ao bar, passei por ela e sorri sem dizer nada. Abri o armário e retirei a garrafa térmica, o coador e um filtro. Por fim, abri o pote de café e inspirei fundo para sentir o aroma suave do pó seco. A voz do Criolo ressoava ao fundo:

"Meia-noite

Num frio que é um açoite

A confeiteira e seus doces

Sempre vem oferecer

Furta-cor... de prazer"[2]

Senti que estava sendo observada, a garota me olhava. Questionei-me se conseguia entender a letra, mas tinha quase certeza de que era estrangeira e não falava português.

Despejei lentamente a água fervente no pó e o aroma se intensificou com o subir do vapor. Afinal, o que fazia uma garota de vinte e poucos anos, no Brasil, sozinha? Pensei comigo mesma.

"E não há como negar

Que o prato a se ofertar

Não a faça salivar"

---

2   Freguês da Meia-Noite, Criolo

Enquanto terminava de preparar o café, novamente tive a sensação de que estava sendo observada. Disfarçadamente, como quem não quer nada, passei meus olhos pela garota, que seguia sentada, sozinha e sem dizer nada. Quando nossos olhares se cruzaram, ela não desviou. Ousada, sorriso no canto da boca. Eu não entendi muito bem o que aquele gesto significava, mas lhe ofereci café. Estava apenas executando meu trabalho.

Ela aceitou, acenando que sim com a cabeça e se aproximou do balcão, que nos separava. No primeiro gole, tentou disfarçar uma careta. Para não a constranger, fingi não perceber. Apontei ao Kindle e perguntei o que ela estava lendo.

Em um português arranhado, a moça, que tinha bonitos cabelos ondulados e feições fortes, respondeu:

— *História da Sexualidade*, de Foucault. Conhece?

— Sim, já ouvi falar — menti para não revelar minha ignorância.

— Estou lendo para a universidade.

— Ah, e você estuda o quê? — perguntei, aliviada por não estender o assunto sobre o livro.

— Aqui, no Brasil, se chama Psicologia — disse a garota, em poucas palavras.

Talvez lhe faltasse vocabulário em português e, por isso, evitava compor frases complexas, mas não descartei a possibilidade de simplesmente não querer falar sobre Psicologia ou a *História da Sexualidade* com uma completa desconhecida. Por via das dúvidas, achei melhor não perguntar mais nada.

Ela então me encarou, como se esperasse que eu continuasse o assunto, mas a minha reação foi apenas mergulhar a cara na xícara de café.

— É que eu sou da Itália — respondeu a garota à pergunta que ela gostaria que eu tivesse feito.

— Ah, seu português é muito bom — elogiei com a intenção de agradá-la. — Onde você aprendeu?

Um sorriso, agora delicado e surpreendente, se abriu em contraste ao rosto sóbrio e marcante da italiana:

— Obrigada. Eu meio que namoro uma pessoa daqui.

— Desculpe me intrometer, mas como assim você "meio" que namora?

— É complicado, sabe? Eu vim para o Brasil para terminar o relacionamento.

— Sinto muito. Era um relacionamento à distância?

— Sim. Nem sei se era um namoro de verdade. Acho que era uma *idealizzazione*, me entende? Eu idealizava uma relação que não existia. — o papo era realmente de uma estudante de Psicologia e a garota se abria com uma naturalidade que me desconcertava.

— Ah, sei bem! — menti mais uma vez. — relacionamentos são mesmo muito complicados.

Ela confirmou, soltando um suspiro melancólico e olhando para a sala vazia. Rapidamente, se voltou para mim e me fez um convite inesperado:

— Essa noite o casal do México, que está hospedado aqui, fará um jantar. Quer se juntar a nós?

Pega de surpresa, pensei um pouco e aceitei:

— Ah, sei quem eles são! Pode ser, meu turno acaba às cinco e meia e depois estou livre. Onde encontro vocês?

— Na cozinha daqui mesmo. Nos vemos mais tarde.

Ecoava, ao fundo, a letra da canção:

"... Dessa vez, não serei seu freguês"

A italiana, sem muitas palavras, se despediu de mim e deixou sua xícara de café cheia em cima do balcão.

Eu estava feliz por ter sido convidada a um jantar. Adorava qualquer motivo para postergar a volta para casa, e a verdade era que ultimamente eu me sentia bem no trabalho.

Limpava os cômodos, organizava os móveis e fazia as camas como se fossem minhas. Pouco a pouco, perdia a insegurança e o medo dos hóspedes. Me sentia melhor no *hostel* do que em minha própria casa.

II

Às cinco e meia da tarde, eu troquei de turno com o recepcionista da noite. Estava empolgada e logo fui para a cozinha, no andar de baixo.

O ambiente tinha uma decoração moderna, no estilo industrial. As paredes eram revestidas de azulejos brancos e pretos, o piso era liso e em tom grafite. As prateleiras, onde ficavam temperos, óleo e vinagre, eram feitas de metal. Parecia que tudo havia sido pensado por um designer de interiores, para combinar perfeitamente.

Mas a cozinha estava vazia, não havia ninguém, a não ser uma frigideira e alguns pratos sujos abandonados em cima da pia. De imediato, arregacei as mangas e comecei a lavar a louça acumulada. Afinal, não seria educado receber as visitas com a minha cozinha daquele jeito.

Com a esponja encharcada de detergente, eu buscava ser o mais eficiente possível. Ensaboava e, em seguida, enxaguava louça por louça. Quando terminei de lavar tudo, ainda estava sozinha.

Temi que ninguém fosse aparecer. Será que desmarcaram e a italiana esqueceu de me avisar? Me sentei e esperei. Dez minutos se passaram e eu pensei em ir embora. Aguentei mais cinco minutos e, quando já me levantava em direção à saída, escutei vozes nas escadas.

Ambos eram jovens e falavam em espanhol entre si. O garoto era alto, de pele morena e tinha cabelos curtos, pretos e lisos. A menina, por sua vez, era mais baixa e seus cabelos castanhos passavam dos ombros. Sabendo quem eu era, os dois logo me cumprimentaram.

— A Alice me convidou para jantar com vocês.

De primeira, não me entenderam. Tentei reformular a frase de diferentes maneiras, em portunhol, até que a menina reagiu:

— *Ah, claro! Con mucho gusto. Tenemos comida suficiente.*

Eles eram simpáticos e me ofereceram, então, uma dose de tequila. Normalmente, eu não bebia álcool, era apenas a pessoa que oferecia e servia aos clientes. Frequentemente, eu também esvaziava garrafas de cachaça para impedir que meu pai passasse dos limites. Fora situações como essas, eu mantinha a distância de álcool. Mas, dessa vez, resolvi aceitar.

Alan, o mexicano, retirou de sua mochila uma garrafa dourada de José Cuervo e exibiu-a como se fora uma relíquia preciosa. Serviu-nos com uma dose de dois dedos, que de cara já me pareceu muita coisa.

Levei o copo à boca e pude sentir o forte perfume da bebida. No primeiro gole, me assustei e espremi os olhos involuntariamente. Alan e Miriam riram da minha cara e viraram seus copos de tequila tranquilamente, como se bebessem água.

Da mesma mochila, retiraram sacolas de supermercado carregadas. Ela me contou que haviam rodado por diversos supermercados para encontrar os ingredientes da receita:

— *Vamos a cocinar Tacos al Pastor, una típica comida mexicana* — disse Miriam ao colocar sob a mesa:

> *Quinhentas gramas de lombo de porco em filés*
> *Uma lata de abacaxi em caldas*
> *Uma cebola média*
> *Três dentes de alho*
> *Duzentas e cinquenta gramas de pimentas poblanas*
> *Um ramo de coentro*
> *Quatro cravos*
> *Cominho em pó*
> *Pimenta-do-reino em pó*
> *Molho Inglês*
> *Tortilhas de milho*

Os ingredientes eram coloridos e o aroma do coentro fresco dominava o ambiente. Alan colocou as pimentas escuras em um prato e cuidadosamente retirou suas sementes e nervos. Em seguida, mergulhou-as em pote d'água. Ele parecia ter experiência nessa técnica, e me explicou que colocar as pimentas de molho suavizava o picante.

Miriam descascou os dentes de alho e as cebolas. Ajudei cortando as cebolas grosseiramente e, mesmo assim, meus olhos se encheram de lágrimas.

Eu estava entusiasmada, mas inquieta. Perguntava-me se Alice não viria mais. De uma só vez, dei mais um gole na tequila e todos os pelos do meu corpo se arrepiaram. Resolvi perguntar:

— Alice está atrasada. Será que não vem mais?

— *Ella nos avisó que iba a tardar media hora. Me parece que estaba resolviendo los problemas con su* namorada.

Senti-me incomodada e não entendia muito bem o porquê. Tentei disfarçar a minha frustração, que não tinha sentido algum. Eu mal conhecia a garota e sua presença não fazia muita falta, afinal, a noite estava agradável e a conversa boa.

Eles me contaram que eram de uma pequena cidade com nome difícil, no estado de Hidalgo, chamada Mixquiahuala. Não consegui pronunciar a palavra com facilidade e só tive êxito, quando Miriam a escreveu em um papel para que eu lesse em voz alta:

— Mix-qui-a-huá-la!

Orgulhosos de minha pequena conquista, o casal comemorou calorosamente e, juntos, bebemos mais um gole de tequila com os braços entrelaçados.

Naquele momento, me dei conta de que me sentia plenamente feliz.

III

Alan escorreu as pimentas e colocou-as no liquidificador, com a cebola e os dentes de alho. Temperou com uma colher de sal e com as especiarias secas. Em seguida, acrescentou um pouco de molho inglês e quatro colheres do vinagre, que repousava sob a prateleira. Completou com um pouco de água e bateu todos os ingredientes.

Ele interrompia o liquidificador para checar a consistência da mistura e se satisfez quando o resultado era uma pasta homogênea, de cor avermelhada e forte aroma de pimenta. Como eu nunca havia cozinhado nada tão picante, assistia a tudo com muita atenção e peguei uma pequena colherada para provar. O sabor da pimenta poblana era encorpado e diferente de qualquer outra que havia provado, mas não deixava a boca muito ardida.

Sentia-se bem o cominho, a cebola e o cravo. Recomendei um pouco mais de alho e molho inglês. Feito isso, nos concentramos então em untar a pasta nos dois lados dos filés e massageá-los para que o tempero fosse absorvido. A quatro mãos, o processo foi rápido. Em dez minutos, toda a carne já estava temperada e reservada na geladeira.

Perguntei a eles se esse prato era tradicional de "Mix-qui-a-huá-la" e Miriam me respondeu que havia em todo o México. Contou que a culinária de sua região era riquíssima, com comidas tradicionais originárias dos povos pré-hispânicas.

— *La Barbacoa de Hidalgo, por ejemplo* — completou Alan, explicando que aquele era um prato com um ritual único de preparação, no qual a carne de cordeiro era temperada e embrulhada com legumes em grandes folhas de agave, para então ser cozinhada dentro da terra, a um metro da superfície do solo. A carne pode levar uma noite inteira para cozinhar e as famílias se reúnem no dia seguinte para desembrulhar e repartir a comida.

Miriam me mostrou uma foto em seu celular de um homem, vestido com calças justas e um chapéu no estilo vaqueiro, ajoelhado na terra e retirando a carne das folhas compridas que a embrulhavam.

Segundo eles, o prato era excepcionalmente saboroso porque durante horas a fio a gordura da carne de cordeiro era cozida, banhada em cerveja, com os vegetais e o extrato das folhas. Só de imaginar, minha barriga reclamou de fome.

IV

Quando já estávamos um pouco tontos e alegres pelo efeito da tequila, Alice entrou com o rosto inchado e os olhos vermelhos. Naquele momento, nossos sorrisos murcharam e nos calamos.

Ela nos cumprimentou um pouco sem graça e pediu para não interrompermos a festa. Sentou-se e serviu-se imediatamente de uma dose de tequila. Miriam colocou a mão sob o ombro da italiana, com delicadeza, e perguntou como ela se sentia.

A resposta foi curta e pouco convincente: "estou aliviada, foi melhor assim". Logo imaginei Alice descendo os degraus das escadas lentamente e escolhendo as melhores palavras, para nos tranquilizar ou deixar o clima menos constrangedor.

Miriam a abraçou e disse algumas palavras de consolo. A garota deixou algumas lágrimas escaparem e, secando-as com os dedos, agradeceu o apoio. Senti vontade de abraçá-la também, mas não o fiz.

Alan parecia estar perdido, assim como eu, sem saber como ajudar. Particularmente, eu era péssima com situações como aquela, pois nunca conseguia conversar sobre sentimentos e não tinha grandes experiências amorosas que servissem para aconselhar alguém.

E então, do alto da minha incapacidade social, soltei a pergunta mais estúpida a se fazer para alguém que acabara de chegar a um jantar:

— Você já comeu?

— Não — ela respondeu com seu olhar desconcertante.

— *Bueno, vamos a seguir cocinando para que comas y te quedes un poco más contenta* — respondeu Miriam.

Alan prontamente retirou os bifes e a manteiga da geladeira. Já eu, fui em direção aos armários e procurei, entre as várias panelas velhas, uma frigideira em bom estado. Escolhi a menos arranhada e de tamanho mais adequado para fritar carne.

Levei a frigideira ao fogão e acendi a boca menor. Alan colocou uma colherada de manteiga com um pouco de óleo e aumentou o fogo. Esperamos até que a gordura começasse a estalar e, então, colocamos o primeiro bife para fritar. Com um garfo, Alan movia o pedaço de carne pela superfície da frigideira para besuntá-lo na manteiga e no molho temperado. Quando um lado do bife já estava grelhado e colorido, Alan virou a carne para selar o outro lado. A cozinha já cheirava maravilhosamente bem.

Miriam cortava os abacaxis em calda em pequenos pedaços e os reservava em uma tigela. Enquanto isso, Alice picava o coentro que seria colocado na finalização do prato. As duas conversavam sobre trivialidades e Miriam conseguia fazê-la sorrir.

Quando Alan já havia preparado metade dos filés, assumi a frigideira para ajudá-lo. Busquei cozinhar da mesma maneira e cuidado que o mexicano.

Alice se aproximou de mim e, inesperadamente, encaixou o rosto acima do meu ombro, elogiando o aroma da comida.

Senti minhas bochechas esquentarem e tive certeza de que estavam rubras. Percebendo que eu estava envergonhada, ela riu e se afastou.

Havia algo nela que me intimidava e, ao mesmo tempo, me deixava hipnotizada. Ela era bonita, mas não parecia ser só isso. Eu conhecia diversas mulheres lindas, mas poucas me desconcertavam daquele jeito. E nenhuma delas me despertara interesse tão rapidamente.

Era verdade que minha vida social não existia, desde que meus amigos haviam entrado em universidades e seguido o rumo de suas próprias vidas. Desde então, eu estava parada. Não saía muito, não conhecia ninguém e muito menos me envolvia em relacionamentos. A única coisa que eu fazia era trabalhar na recepção do *hostel*.

Era provavelmente por isso que aquela italiana, de poucas palavras e um coração partido, conseguiu me conquistar tão facilmente.

De qualquer modo, eu acabava de constatar que ela sabia que mexia comigo.

V

Músicas de *Reggaeton* tocavam ao fundo, com um ritmo caloroso e dançante. Outros hóspedes haviam se juntado a nós, atraídos pelo movimento — ou pelo cheiro da comida. Pouco a pouco, o jantar virava uma festa.

A carne de porco estava cortada em fatias finíssimas e refogada com cebola. Miriam abria as tortilhas de milho e Alan colocava a carne sob cada uma delas, trabalhavam em perfeita parceria. Por cima, acrescentaram o abacaxi e um pouco de coentro. Os *Tacos al Pastor* estavam dispostos em pratos e prontos para comer.

Circulei pela cozinha, servindo aos hóspedes famintos e curiosos com o sabor daquela comida verdadeiramente mexicana. Alice parecia estar com o pensamento distante. Parei ao seu lado, em silêncio, e experimentei os tacos.

O agridoce do abacaxi, o frango bem temperado, a ardência suave das pimentas e o frescor do coentro, um prato rico em sabor.

Estávamos lado a lado, mas não falávamos nada. Ela batia o pé no chão ao ritmo da música, enquanto mordia, mastigava e lambia os beiços. Eu acompanhava, disfarçadamente, cada movimento do seu corpo. Não conseguia prestar atenção em mais nada além dela. Tomei coragem e, mesmo nervosa, puxei assunto:

— Você fica até quando em São Paulo?

— Meu voo para a Itália é depois de amanhã.

— Ah, tá — respondi claramente frustrada. Não podia acreditar que ela ficaria tão pouco tempo. — Gostou dos tacos?

— Sim, estão *deliziosos* — respondeu olhando nos meus olhos, lançando sobre mim seu poder de hipnose. — Quer jantar só comigo amanhã?

Completamente hipnotizada, concordei sem resistir.

— *Domani* – amanhã — aqui e no mesmo horário.

BRUSCHETTAS À ITALIANA

|

Naquela noite, eu mal dormi. Não parava de pensar em Alice e no primeiro encontro que teria em um ano. Os pensamentos vinham acelerados, provocantes e ardentes. Tiravam-me o sono, que chegou horas mais tarde, com a exaustão total do corpo.

Quando o despertador tocou pela manhã, saltei imediatamente da cama. O nervosismo tomava conta do meu estômago, revirando minhas entranhas indelicadamente. Mal tive fome para tomar o café da manhã.

Saí de casa sem avisar ninguém o horário que voltaria. Como de hábito, peguei o ônibus lotado que me levava à Rua da Consolação. O trajeto pareceu demorar mais do que o habitual, mas não havia trânsito. A minha noção de tempo estava descompassada, afetada pela ansiedade que me tirava do eixo.

Ao chegar no *hostel*, reparei que a poltrona estava vazia. Alice não estava lá, sentada com seu Kindle na mão. Passei o dia na expectativa de que ela aparecesse, olhando de dez em dez minutos para a porta de entrada.

Mas ela não apareceu. Minha mente traiçoeira logo imaginou que estaria com sua ex-namorada. Talvez estivessem reatando e ela nunca chegaria para o nosso jantar.

Sofri, pessimista e agoniada, até que meu celular vibrou, anunciando sua mensagem: "Oi, aqui é a Alice. Estou na rua, mas te vejo às seis!". Fiquei mais calma.

Nos momentos em que o serviço estava tranquilo, eu pesquisava na internet as melhores receitas para um encontro romântico, e quase todos os resultados da busca afirmavam: risoto. A escolha estava feita e eu teria meia-hora no fim do dia para comprar os ingredientes no mercado mais próximo.

Gastaria o meu humilde salário sem dó para fazer aquele momento ser especial.

II

Às cinco e meia, contei o dinheiro do caixa, bati com as informações do sistema e troquei de turno com o recepcionista da noite. Meu trabalho estava cumprido.

No banheiro, me arrumei em frente ao espelho, analisando atentamente todos os detalhes do meu rosto, tanto aqueles que eu gostava quanto os que eu buscava esconder com a maquiagem. O que será que Alice havia visto em mim?

Minimamente satisfeita com a minha aparência, saí correndo para não me atrasar. Voltei do mercado com todos os itens para a receita:

Arroz arbóreo
300 gramas de carne-seca cozida
Abóbora cabotiá em cubos
Uma cebola
Uma garrafa de vinho branco
Páprica doce
Manteiga

Queijo parmesão
Castanhas-do Pará

Fui direto para a cozinha do *hostel* e organizei as compras sob a mesa, para começar o preparo. Descasquei a cebola e a coloquei para cozinhar em água fervente, temperada com sal e páprica doce, junto aos pedaços de abóbora.

Pouco tempo depois, Alice surgiu descendo as escadas. Dessa vez, havia sido pontual. Seu rosto sóbrio, parecia menos melancólico e mais feliz. Ela veio em minha direção e me deu um beijo na bochecha. Desinibida e bem-resolvida. Intimidava-me.

Trazia em seu braço um pão comprido e uma sacola com os ingredientes para preparar *bruschettas* de entrada. Já eu, contei que faria um prato italiano com um toque de Brasil, assim como ela.

Ela começou a cozinhar, fatiando o pão e cortando os tomates e o alho. Regou tudo com azeite e enfeitou com manjericão fresco. Colocou as *bruschettas* no forno e se ofereceu para me ajudar com o risoto.

Pedi que ralasse o parmesão enquanto eu tomava conta do resto. Logo, retirei a cebola e os pedaços de abóbora cozidos, deixando apenas o caldo na panela quente. Com ajuda de talheres, amassei a abóbora até que virasse um purê cremoso.

Enquanto eu picava a cebola, Alice me perguntou sobre a minha vida. Respondi de maneira genérica, dizendo que não tinha nada de mais para contar.

— *Io* duvido, você parece uma pessoa muito interessante.

Contive um riso debochado que quase escapou da minha boca.

— Você não estuda?

Um pouco envergonhada, respondi que não. Disse que estava trabalhando para juntar dinheiro e começar uma universidade.

— Ultimamente, tenho tido vontade de estudar Letras, mas sei que não é fácil arrumar emprego nessa área. Então talvez eu faça algum curso como hotelaria ou turismo, para aproveitar a experiência que estou ganhando aqui.

Alice me encorajou, dizendo que eu teria sucesso em qualquer área. Ela disse que notava o meu esforço e cuidado desde que chegara no *hostel*. Surpreendi-me e agradeci o elogio, sem me constranger. Aos poucos, me sentia mais à vontade com ela.

Em outra panela, coloquei manteiga com um pouco de azeite. Quando a manteiga já estava derretida, acrescentei a cebola picada. Um delicioso aroma de refogado subia da panela.

Retribuí, então, a pergunta para Alice. Quis saber sobre a sua vida e o que fazia na Itália, além da faculdade de Psicologia.

Ela me contou que antes tinha planos de vir ao Brasil para ficar, mas com o término não sabia muito o que fazer. Passara os últimos dois anos trabalhando de garçonete para juntar "grana" e largar tudo para viver com a brasileira.

— Agora me sinto sem rumo.

Parecia ser isso o que nos conectava: de certo modo nós duas estávamos buscando um caminho em meio à falta de planos e perspectivas. Entendíamo-nos bem.

Juntei a carne-seca e o arroz arbóreo ao refogado e misturei para incorporar o sabor. Em seguida, despejei um copo de vinho branco na panela e o líquido rapidamente borbulhou ao tocar a superfície quente. Refoguei mais um pouco a mistura e acrescentei o purê de abóbora. A comida ficava com tons quentes e vibrantes de vermelho e laranja.

Alice terminou de ralar o queijo e retirou as *bruschettas* do forno. Servimo-nos das saborosas entradas, enquanto juntava o caldo aos poucos no arroz.

Ela pegou a garrafa de vinho já aberta e bebeu da boca. Ofereceu-me um gole, eu aceitei. O sabor era doce, agradável e aquecia meu corpo como se me acendesse uma pequena brasa.

Pouco a pouco, o risoto ganhava corpo e textura. Misturei o parmesão e finalizei com castanhas-do-pará torradas por cima. Montamos os pratos com esmero e nos sentamos para comer.

Alice amarrou seus cabelos ondulados em um coque no topo da cabeça e se preparou para experimentar a comida. Assisti à primeira colherada com muitas expectativas de que lhe agradasse. Suspense.

Mastigando, ela arregalou os olhos:

— Hmm... *perfetto*! — disse com a mão escondendo a boca cheia.

Sua reação parecia sincera. Sorri contente e satisfeita, mesmo antes de comer. Depois da aprovação dela, pude avançar no risoto. A cada mordida, me vinha o salgado da carne-seca, com o adocicado da abóbora e o sabor do parmesão. As castanhas deixavam tudo mais crocante. Comemos o primeiro prato sem parcimônia. Raspamos tudo.

A italiana deu mais um gole de vinho e, repentinamente, segurou em minha mão. Fui pega de surpresa, e o calor que antes eu sentia, virou gelo. Paralisei de medo e meu coração acelerou de nervoso. Hipnotizando-me daquele seu jeito, ela disse:

— Muito obrigada. Você está me fazendo feliz esta noite.

E antes que eu tivesse tempo de responder, alguém surge descendo as escadas.

III

Era um homem com uma camiseta listrada de vermelho e branco, bermuda *tactel* estampada e cabelos nos ombros. Ao aparecer, logo nos cumprimentou:

— E aí, meninas? Quer dizer que hoje tem janta pra galera? — perguntou, exibindo um sorriso largo com grandes dentes à mostra.

Alice se voltou para mim, pedindo ajuda com os olhos. Eu, que como funcionária não podia ser desagradável com um hóspede, respondi sem jeito e demonstrando incômodo em minha cara:

— É... estamos cozinhando.

O homem pareceu não entender meus sinais.

— Que delícia! — disse, espichando o pescoço para ver o que havia na panela. — Caramba, ontem teve comida mexicana e hoje risoto! Esse *hostel* é realmente uma experiência completa.

Como espectadoras de um filme de terror, observamos apreensivas ao homem abrindo o armário e pegando um prato e talheres. Ficamos sem palavras. Não havia escapatória, ele jantaria conosco.

O homem apoiou a barriga na boca do fogão, olhou para a panela e em seguida para mim:

— Já tá pronto, né?

Respondi que sim e ele prontamente se serviu de grandes colheradas, sentando-se ao nosso lado. Apoiou os cotovelos na mesa, analisou Alice por lentos segundos e, parecendo já saber a resposta, perguntou:

— Você é italiana, né?

Ela assentiu com a cabeça, sem soltar uma palavra sequer. Expressava sua irritação com as grossas sobrancelhas franzidas.

— Tô ligado, meu bisavô era da Itália. Acho muito foda a cultura, sabe? — o homem falava de boca cheia, me obrigando a reparar em seus dentes desproporcionalmente grandes.

Mastigava incessantemente, como um tubarão destroçando a presa. Um silêncio constrangedor pairava sob o ambiente, mas eu parecia ser a única pessoa que se importava.

— Você tá aqui há quantos dias mesmo? — perguntei.

— Cara, verdade! Cê é a menina da recepção. Nem te reconheci.

Menina... menina da recepção. A fala do homem não me descia bem. Eu, que até ontem não bebia, dei mais um gole na garrafa de vinho e me questionei se naquele ponto eu já era alcoólatra.

— Eu cheguei ontem. Vim assistir a um jogo de futebol que, inclusive, vai ser no estádio Palestra Itália. — surpreso com a coincidência, voltou-se a Alice e perguntou se ela conhecia o lugar.

Quando ela respondeu que não, o previsível aconteceu. O homem convidou-a para acompanhá-lo no jogo, com um argumento inusitado:

— Seria legal para você se conectar às suas raízes!

— *Grazie, ma ma domani torno in Italia* — ela respondeu em tom de deboche e suas feições pareciam ainda mais fortes.

Constrangida, saí da mesa para me servir novamente. O homem, que tinha o prato ainda cheio, não perdeu a oportunidade:

— Opa, pega mais um pouquinho para mim também?

Se não fosse ele, eu faria com gosto. Sendo ele, o fiz com desgosto. Imagina se eu cuspisse nesse prato? Pensei, fantasiando a situação. Ele mal perceberia, já que não tirava os olhos de Alice.

Tratei de comer com velocidade, para acabar logo com a tortura que havia se tornado aquele encontro.

Quieta, eu pensava em uma maneira de convidá-la para ir a outro lugar, sair de lá sem aquele homem no nosso pé. Enquanto isso, ele insistia em seu papo furado com Alice:

— Você mora em Roma?

— Não — respondeu com um sorriso amarelo, sem estender o assunto.

Comemos o resto da refeição em silêncio, por minutos que pareciam intermináveis. Quando nós duas demos as últimas garfadas, Alice disse que sairia para fumar um cigarro e me perguntou diretamente:

— Você vem comigo?

— Vamos. — levantei-me e a segui.

IV

Como de costume, a noite fora estava agitada. Ônibus iam e vinham e pessoas passavam com pressa, sem olhar para os lados, concentradas em suas próprias rotinas. O clima era de uma noite de verão tropical, com calor e umidade no ar.

Alice se apoiou no muro que dividia a entrada do *hostel* com o comércio ao lado e soltou os cabelos, deixando o elástico no pulso. Retirou do bolso da calça, um masso de cigarros e um isqueiro.

— Me desculpe, mas não estava mais aguentando mais ter que falar com aquele homem. — colocou um cigarro entre os lábios e o acendeu, protegendo a chama com a mão esquerda.

— Nem me fale! Fiquei muito feliz que conseguimos fugir dele, já estava ficando chato.

Aproximei-me dela sutilmente.

— Sim, mas mesmo assim gostei de ter passado esse tempo com você. — ela ficou séria e deu uma longa tragada.

— Que pena que você vai embora amanhã. Sentirei sua falta. — e me arrependi logo após dizer aquelas palavras sinceras.

Ela soltou a fumaça e olhou para cima. O céu estava escuro, sem nenhuma estrela sequer. A pouca luz irradiava de fachadas de led branco que nos iluminava, desenhando nossas sombras na calçada.

Alice se voltou para mim e me encarou, com seus olhos hipnóticos. Seu rosto parecia ainda mais bonito. Senti meu coração acelerar de novo.

Aproximou-se e, sem hesitar, encostou seus lábios úmidos nos meus. O beijo era quente e inflamava a brasa em mim. Nossa sinergia era perfeita, doce e intensa. Um incêndio de sensações tomava meu corpo.

Aquela noite, passamos juntas em um quarto de motel. Permiti-me ser feliz, fazer carinho e sentir prazer. Eu sabia que o romance acabaria no dia seguinte e não nos veríamos tão cedo, mas desejava uma continuação para aquela história. Trocamos contato e nos despedimos.

No dia seguinte, Alice me disse *arrivederci*, fez o *check-out* e saiu de vista pela porta do *hostel*. A sala ficou vazia, só havia eu — a mesma recepcionista de sempre — e a minha esperança de um dia revê-la.

A RECEPCIONISTA

Às seis da manhã, meu pai se arruma no banheiro. Cheira a creme de barbear e penteia o cabelo em frente ao espelho. Não bebe há três meses e está em sua primeira semana em um novo trabalho. O clima na casa é de otimismo, estamos vivendo dias melhores.

Na cozinha, minha mãe prepara o café da manhã enquanto canta. Veste roupas de ginástica e, como de costume, sairá para correr pelas ruas do bairro antes de começar as tarefas diárias.

No quarto, eu coloco na mochila o caderno e outros itens essenciais para ir trabalhar. Não falo com Alice há duas semanas e, nesse meio-tempo, me sinto só. O que me motiva é o início das aulas na faculdade, na próxima semana. Frequentemente, me pego imaginando meus novos amigos e longas noites de leitura na biblioteca da universidade.

Estou animada para começar a estudar e penso nos rumos que tomarei em minha vida.

Coloco a mochila nas costas e me despeço dos meus pais. Vou ao mesmo ponto de ônibus de todos os dias. Espero, escutando música nos fones de ouvido e observando as pessoas ao meu redor. Um homem com cara de sono, uma mulher de mãos dadas com sua filha pequena e uma senhora que levava no ombro uma sacola carregada de marmitas.

No ônibus, estou de pé na fila para passar a catraca. A cada freada, me esforço para não perder o equilíbrio. Todos os passageiros estão concentrados no celular, exceto um que dorme com a cabeça pendendo para frente. O motorista para de ponto em ponto na Avenida Ipiranga, mas a maioria das pessoas só desce em Pinheiros ou na Consolação, assim como eu. Até lá, o ônibus enche e vamos nos apertando.

Quando chego à minha parada, estou um pouco atrasada e caminho acelerada. Aumento o som da música para sentir adrenalina. Desvio das pessoas e não olho para os lados.

Passo a porta de entrada do *hostel*, transpirando, e cumprimento a todos que estão na sala de estar. Meu colega se levanta da mesa e me passa todas as informações sobre seu turno:

— O hóspede da cama treze já fez o *check-out* e deixou tudo pago, você só precisa atualizar no sistema. De resto, está tranquilo.

O verão já tinha passado e havia pouco movimento nos últimos dias. A maioria das pessoas que se hospedavam vinham para compromissos profissionais. A rotina se mantinha: servir o café da manhã e controlar entradas e saídas, mas agora sem muitas emoções.

Tenho tido tempo para ler com calma os textos que escrevi no verão e, quando estou sozinha, muitas vezes o faço em voz alta. Se não gosto de algo, mexo em vírgulas, palavras e expressões. Reescrevo tudo como se, um dia, alguém fosse ler.

Em minhas folhas, guardo as histórias que aconteceram com hóspedes que estiveram nestes quartos. Nunca mais os vi e não sei de seus paradeiros, mas os descrevo e os vejo em cada canto do *hostel*. Não os esqueço.

Nos textos que tomam forma, nos costuro como personagens, protagonistas de uma colcha de retalhos. Agora entendo que não sou coadjuvante das minhas histórias. Não fujo de mim mesma. Assumo meu protagonismo.

O interfone toca, repouso a caneta sobre o caderno. Abro a porta e alguém entra. Uma mulher, sozinha, sem mochila e nem documento me pede para reservar um quarto. Outono, uma nova história começa.